Eva Joly a d'abord été conseiller juridique dans un hôpital psychiatrique, juge pour enfants puis magistrat dans la banlieue parisienne. Quelques hasards et rencontres plus tard, elle devient haut fonctionnaire au ministère des Finances et, enfin, juge d'instruction au pôle financier du tribunal de grande instance de Paris où elle se consacre à l'instruction d'affaires financières pendant près de dix ans. Elle y découvre l'ampleur des crimes d'argent et instruit notamment l'affaire Elf jusqu'en juin 2002. Après ce procès, elle retourne en Norvège, son pays natal, pour occuper un poste de conseiller auprès des ministres de la Justice et des Affaires étrangères où elle est chargée de la lutte contre le blanchiment d'argent et la corruption internationale. Elle a reçu le prix de l'Intégrité de Transparency International (principale organisation de la société civile de lutte contre la corruption). Chacun de ses livres est un best-seller en France et à l'étranger.

Maria Malagardis, journaliste indépendante, a été correspondante de la BBC et de *Libération* en Afrique du Sud. Elle travaille régulièrement pour la revue *XXI*.

DES MÊMES AUTEURS

EVA JOLY

Notre affaire à tous
(en collaboration avec Laurent Beccaria)
Les Arènes, 2000
et Gallimard, « Folio documents », n° 4

L'Abus de biens sociaux à l'épreuve de la pratique
(en collaboration avec Caroline Joly-Baumgartner)
Économica, 2002

Est-ce dans ce monde-là que nous voulons vivre ?
(en collaboration avec Laurent Beccaria)
Les Arènes, 2003
et Gallimard, « Folio documents », n° 19

La force qui nous manque
Les Arènes, 2007
et « Points », n° P1874

MARIA MALAGARDIS

Rwanda, le jour d'après
Somogy, 1995

Eva Joly
avec Maria Malagardis

DES HÉROS ORDINAIRES

Itinéraires d'hommes remarquables

Les Arènes

TEXTE INTÉGRAL

ISBN 978-2-7578-1592-2
(ISBN 978-2-35204-085-9, 1re publication)

L'édition de ce livre est dédiée
à la mémoire de François-Xavier Verschave
qui, lui aussi, fut un héros ordinaire.

Préambule

Lorsque j'ai ouvert la boîte de Pandore des « affaires » financières, il y a presque vingt ans maintenant, ma vie a basculé. Le destin est comme une boule de billard qui vous percute et vous projette ailleurs. Ma vision du monde ne cesse de se transformer et de s'enrichir. Depuis mon départ de la magistrature, j'ai épousé une vie de nomade, d'un fuseau horaire à l'autre, chaque rencontre ouvrant sur une seconde, qui offre une nouvelle perspective, qui laisse entrevoir une action possible… *« L'événement doit être notre maître intérieur »*, écrivait le philosophe Emmanuel Mounier à sa femme. Il faut se laisser atteindre par la vie. Régulièrement, je laisse infuser en moi ce que j'ai appris. J'essaie de comprendre et d'ordonner ce tumulte de paroles, de visages et d'histoires. C'est pourquoi, à chaque étape, s'impose à moi la nécessité de publier un livre, pour transmettre ce que je sais et écrire une nouvelle page.

Je ne suis pas une femme d'abstraction, ni de concepts. Aux mots, je préfère le réel. J'aime les détails et les choses vues. Ils révèlent l'ensemble, comme la feuille contient l'arbre tout entier. La corruption se lit d'abord sur les murs d'un appartement, subitement acquis, ornés de peintures sublimes. Elle se trouve dans des factures cachées dans des boîtes à chaussures. Elle se révèle dans de petites choses, comme ces coffres-forts installés dans les chambres de l'Hôtel Royal, le palace du Luxembourg : chacun peut contenir une valise… Au cours d'une enquête, j'ai constaté de mes yeux qu'un citoyen étranger pouvait facilement apporter 40 millions de francs suisses, en espèces, sur un compte au Liechtenstein sans que personne ne lui pose de questions. Parce que c'est normal, parce que c'est banal.

L'absurdité du monde se lit aussi dans le paysage. Il suffit de se promener le long des rues, dans un bourg du Mali, et d'apercevoir derrière une clôture la fabuleuse villa – un palais plutôt – appartenant à un simple fonctionnaire des Douanes… Vous avez compris l'essentiel. À Naples, ce sont les décharges de déchets toxiques qui suggèrent l'ampleur dc la corruption. Ailleurs, ce sont les constructions illégales qui bétonnent le littoral, comme en Espagne, ou qui s'effondrent, tel un château de cartes lors d'un tremblement de terre, comme en Turquie.

À Paris, j'ai longtemps exploré le monde depuis mon bureau de magistrat. Les dossiers de délinquance financière étaient comme des scanners de la société. Tout était là, dans les colonnes de chiffres, les immenses tableaux de détournements de fonds, mais plus encore dans les témoignages qui disaient l'impunité, le cynisme et l'intimidation. J'ai connu aussi des regards condescendants et des reparties qui vous marquent pour toujours, parce qu'elles vous font entrevoir la réalité du monde…

Depuis 2002, j'ai mis ce savoir au service de la Norvège, qui a fait une priorité de la lutte contre la corruption. C'est un petit pays, mais son histoire a valeur d'exemple. Dans les années 1970, la Norvège est subitement devenue riche grâce à la découverte du pétrole en mer du Nord. Un fonds d'investissement souverain, le deuxième au monde par la taille, gère les bénéfices de l'exploitation du pétrole, sous forme d'une épargne pour les générations futures. Seuls 4 % du rendement de l'or noir sont utilisés à court terme dans le budget de l'État. Le reste est intouchable. Les Norvégiens comprennent la colère des Africains, spoliés de leur dû. Les mots de l'écrivain camerounais Mongo Beti résonnent sans cesse en moi : « *Où a-t-on vu que le pétrole avait jamais été en Afrique noire source de progrès et de bien-être pour les populations autochtones ? Ce qui est arrivé chaque fois, c'est très exactement le contraire : chez nous, qui dit pétrole dit malédiction des populations, dictature, violences, guerre civile. [...]. Au Gabon [...], ce ne sont que chaussées défoncées, mouroirs tenant lieu d'hôpitaux, écoles ressemblant à des chenils [...]. Question : où va l'argent du pétrole gabonais ? [...] Elf [...] ne se contente-t-il pas d'un pourboire dérisoire versé au dictateur local ?* »

Le monde est une petite planète et ce que nous pratiquons au-delà de nos frontières finira par nous contaminer nous aussi. Tout se tient : la pollution, le pillage des ressources, la pauvreté persistante, les flux financiers illicites, les paradis fiscaux… La lutte contre la grande délinquance financière m'a appris qu'il faut traiter le cancer de la corruption au cœur, avant qu'il se diffuse. Aussi j'ai voulu donner la parole à un certain nombre de grands témoins de l'ampleur de ce fléau en Europe. Il faut d'abord balayer devant notre porte.

« *En Italie aujourd'hui, un mafieux c'est d'abord un homme d'affaires qui utilise le crime, bien plus qu'un criminel qui fait des affaires* », explique Roberto Saviano, devenu célèbre pour avoir révélé les mécanismes des entrepreneurs mafieux dans la région de Naples. Depuis la sortie de son premier livre, *Gomorra*, Saviano vit caché, sous protection. Une vingtaine d'années après Salman Rushdie, le jeune écrivain italien se retrouve, lui aussi, victime d'une fatwa. Ce n'est plus l'intégrisme religieux qui est à l'œuvre, mais les liens coupables entre capitalisme, mafia et corruption.

Pour trouver des raisons d'espérer, il faut aller à la rencontre de ceux qui s'opposent aux dérives de la finance occulte. Même s'ils ne vivent pas en France, ils se battent pour nous. On ne pourra pas longtemps cacher la poussière sous le tapis. La justice s'arrête encore aux frontières, mais pas les crimes. Nous en avons tous les jours des exemples. En janvier 2009, la France a été forcée d'accepter le verdict de la justice bulgare dans une affaire de meurtre pourtant commis à Paris. L'histoire remontait à l'été 2000. Un jeune étudiant bulgare avait été retrouvé mort dans son appartement parisien, assassiné de plus de quatre-vingt-dix coups de couteau. Les policiers français ont enquêté, accumulant vite des preuves accablantes : des traces d'ADN les conduisent sur la piste d'un autre jeune Bulgare. Ils se sont rendus en Bulgarie mais sans jamais pouvoir obtenir que le jeune homme qu'ils soupçonnaient du meurtre soit interpellé : c'était le fils d'un notable très influent. Neuf ans après les faits, un procès a eu lieu. Il s'est achevé par un acquittement en appel. Les juges bulgares n'ont pas tenu compte des preuves apportées par la police française. Le crime restera impuni. On peut mourir tous les jours à Sofia, si on s'attaque à la mafia. La Bulgarie fait partie de l'Union européenne. Ceux qui veulent détourner les yeux ont tort. Les frontières n'existent plus. Martin Borilski, ce jeune homme sauvagement assassiné à Paris, était un brillant étudiant en droit. Il venait d'être engagé dans un prestigieux cabinet d'avocats. Il était parfaitement intégré à la société française. C'était un Bulgare, mais aussi un Européen.

Avec Maria Malagardis, nous avons choisi des hommes et des femmes de tous les horizons. Ils sont avocat, économiste, journaliste, policier, haut fonctionnaire ou militant associatif. Ils s'appellent Helen Garlick, John Christensen, Daniel Lebègue, Mark Pieth, Drago Kos, Raffaele Del Giudice ou Maria Nicolaeva. Leurs noms vous sont inconnus, mais leurs histoires sont autant de récits initiatiques. Ils nous racontent l'envers de notre Europe, la face cachée de notre économie, les liaisons dangereuses de nos dirigeants politiques.

Ces héros ordinaires, je sais leur colère, leur fragilité face à un dossier qui les obsède jour et nuit, incommunicable, et les sépare de leur entourage. Je comprends la solitude de ceux à qui on impose des gardes du corps et que l'on coupe de leur famille. Les proches, c'est le point faible. J'ai bien sûr eu du mal à vivre avec des gardes du corps moi aussi (j'en ai eu jusqu'à six à une certaine période lors de l'instruction Elf), mais je sais que je n'aurais jamais supporté qu'on s'attaque à mes enfants. C'était ma limite, mon inévitable fragilité.

Ces hommes et ces femmes sont des gens ordinaires plongés dans des histoires extraordinaires. Des gens simples qui «*aspirent à une vie normale*», témoigne un journaliste bulgare sauvagement agressé pour avoir divulgué des vérités gênantes. On ne choisit pas de se mettre en danger, mais la vie vous conduit parfois à un engagement absolu, quand l'inacceptable devient insupportable. Il faut du courage et de l'obstination. Il faut surtout une grande confiance dans la nature humaine : une foi absolue dans «*l'idée qu'une société peut progresser si les règles sont les mêmes pour tous*».

Les figures d'hier vantaient la force de l'égoïsme, ces «vices particuliers» dans lesquels les philosophes du XVIIIe siècle comme Adam Smith ou Bernard de Mandeville croyaient déjà voir la force du capitalisme. Les personnages de ce livre rejettent cette logique. Chacun à sa façon, ils sont porteurs d'espoir. La moindre de leurs victoires, petite ou grande, est la nôtre. Ils possèdent des clés pour comprendre la violence de la crise que nous subissons. C'est avec eux que nous trouverons une partie des réponses à apporter lorsqu'il faudra reconstruire un monde plus équilibré et plus juste, sur les décombres de la finance sans loi et son legs de centaines de milliards de dettes.

John, le dissident de Jersey

Pour connaître la vérité sur les paradis fiscaux, il s'est fait espion sur l'île de son enfance. Il y a trouvé aussi le sens d'un nouveau combat.

À Londres, c'est dans un lieu où plane l'ombre des grands esprits que John Christensen aime donner rendez-vous. Juste derrière Covent Garden, dans une petite rue tranquille et proprette, se dresse une immense bâtisse blanche à colonnades : la Royal Society of Arts. Karl Marx, Adam Smith, Isaac Newton, mais aussi Charles Dickens… Et parmi les vivants, Al Gore, Stephen Hawking et Joseph Stieglitz : ils ont tous été admis dans cette institution séculaire qui depuis 1754 valorise l'intelligence et le génie créatif au service de l'humanité. John Christensen en est devenu membre lui aussi, il y a quelques années.

Visiblement, le lieu l'inspire. Il insiste pour faire visiter la grande salle de conférences, là où tant de célébrités ont prononcé leurs discours, tout en haut d'un escalier monumental. Quel meilleur endroit en effet pour évoquer un événement historique ? Cette crise financière qui a déstabilisé les Bourses et les banques est « *une opportunité formidable pour réveiller les consciences* », souligne ce quinquagénaire, dont les grands yeux clairs s'illuminent d'excitation dès qu'on évoque les défis de l'époque.

Bien sûr, il n'est pas dupe des mea culpa répétés des puissants de la planète, ni des promesses des dirigeants politiques, soudain unis pour dénoncer d'une même voix les dérives du capitalisme financier. Mais John a confiance désormais. Il sourit, hoche la tête avec conviction, en guettant les prémices de l'orage. Le vent a tourné. Et il en est persuadé, même les hommes politiques les plus timorés, les plus réticents, seront bientôt forcés d'agir. « *Mais seulement quand ils verront nos chars dans leurs jardins, pas avant* », concède-t-il, en utilisant une expression anglaise particulièrement suggestive.

« *Nous ne sommes pas comme vous, les Français* »,

précise aussitôt John, « *nous autres, Anglo-Saxons, nous savons bien qu'il ne faut jamais rien attendre du pouvoir et que c'est de la base, grâce à la mobilisation des citoyens, que s'imposent toujours les vrais changements dans ce monde.* »

Aujourd'hui John sent qu'elle est enfin là, cette résistance. Ce rejet qui monte et qui pourrait même se transformer en vent de colère, prédit-il,« *quand les faillites et les licenciements vont se multiplier* », soulignant alors l'indécence de ceux qui ont tout fait pour planquer leurs richesses, fuir l'impôt et éviter ainsi de contribuer aux besoins de tous.

La crise de l'automne 2008 a déchiré le voile d'un consensus fataliste, qui nous a longtemps fait croire que finalement chacun méritait plus ou moins son sort, puisqu'il n'y avait pas de meilleur système que les lois de la finance pour réguler la société.

« *Mais voilà qu'on a découvert soudain que certains banquiers se comportent comme de véritables mafieux !* » s'exclame John. Et qu'ils dissimulent leurs activités néfastes dans des enclaves où l'on peut s'affranchir des lois, pour truquer les comptes et cacher des fortunes colossales : les paradis fiscaux. Ces territoires offshore sont depuis bien longtemps l'obsession de John Christensen. Il en vient, lui qui a grandi dans l'île anglo-normande de Jersey. Il y a travaillé au cœur même du système, puisqu'il fut, pendant onze longues années, le conseiller économique du gouvernement de Jersey.

Il a compris. Très vite, trop tôt. Bien avant que le sujet ne fasse la une des médias. « *Les paradis fiscaux ? Bof, connais pas vraiment... Mais pourquoi donc cela vous intéresse-t-il tant... ?* » : Voilà ce qu'il s'est entendu dire pendant des années. Lui-même, il a mis du temps à formuler ce qui le tracassait réellement. Il manquait des mots, des pièces au puzzle. John s'est souvent senti très seul : « *Pendant des années, les paradis fiscaux n'intéressaient qu'une dizaine de personnes dans le monde et nous avancions à tâtons, sans comprendre le tableau d'ensemble.* » Ses questions semblaient souvent absurdes à ses interlocuteurs. Combien d'argent transite par ces enclaves offshore ? Quel impact ont-elles sur les pays du Sud ? N'y aurait-il pas un lien entre la pauvreté persistante du tiers-monde et l'existence de ces niches financières qui prospèrent dans l'ombre ? Pourquoi la pauvreté résiste à tout ?

Au début des années 1970, le jeune John quitte son île de Jersey pour travailler dans une grande entreprise à Londres. Dans la capitale britannique, il rencontrc du monde, fréquente des gens d'Oxfam, l'une des plus grandes ONG internationales, très impliquée dans la lutte contre la pauvreté dans le monde. On l'invite à rejoindre un petit groupe au sein de l'organisation, qui étudie l'impact des politiques agricoles européennes sur les pays africains. John s'est toujours intéressé à l'agriculture. À Jersey, il a grandi dans une ferme, entouré d'une grande famille de sept enfants, entre un père danois et une mère d'origine allemande. Petit, il voulait d'ailleurs être fermier. Mais dans les années 1970, remettre en cause les bienfaits des exportations agricoles vers le Sud semblait incongru.

«*Pour la plupart des gens ce n'était même pas un sujet de débat : à quoi bon étudier l'impact des politiques agricoles de l'Europe ? ! Comment pourraient-elles faire du mal à l'Afrique ? Il a fallu des années avant qu'on admette que l'importation massive de poulet ou de riz à des prix bradés tue les productions locales*», rappelle John.

Au sein d'Oxfam, on apprécie l'énergie et la perspicacité de ce jeune homme bouillonnant qui n'hésite pas à remettre en cause les évidences. L'ONG l'envoie en Inde étudier le microcrédit. Il y découvre le cercle vertueux des petites mesures qui font de grands changements : « *La recette est simple : ça marche, tout simplement parce que tout le monde y a intérêt. La défaillance d'un seul membre du groupe entraîne la fin des profits de tous. Ce n'est donc pas toléré. La pression collective fait que tous jouent le jeu* », souligne-t-il. La leçon sera retenue : le progrès et le développement sont possibles, si les règles sont les mêmes pour tous.

John pense alors avoir enfin trouvé sa voie : il sera économiste, spécialisé dans les politiques agricoles des pays en voie de développement. Il décide de reprendre ses études. Mais quand il rejoint la prestigieuse université de Reading, le monde est déjà en train de changer. « *C'était en 1979. L'année où Thatcher et Reagan ont commencé à organiser la dérégulation des marchés de capitaux. Et même si j'aimais l'agriculture, même si je n'avais pas encore tout à fait renoncé à mon rêve d'enfant d'être un jour fermier, je me doutais déjà qu'il fallait aussi regarder de très près les conséquences nouvelles de ces vastes mouvements d'argent, désormais libérés de toutes entraves* », dit-il.

Dans l'immédiat, son master en poche, John s'envole pour la Malaisie. Sa mission auprès du gouvernement local ? Étudier l'organisation juridique des coopératives agricoles. Une bonne façon de s'initier sur le terrain à l'économie de développement, pense-t-il. Mais très vite, il est confronté à un immense scandale : des politiciens et des businessmen locaux jouent au casino, via l'argent amassé dans les caisses des milliers de petites coopératives malaises. Profitant des lacunes de la législation, ils ont pu transformer ces petites structures en fonds d'investissement très compétitifs et placent tous les fonds récoltés sur les marchés étrangers. Sans aucun garde-fou, en pure spéculation. Et tout le monde se tait. John lui-même n'aurait rien vu, si un jeune fonctionnaire ne l'avait pas mis un jour dans la confidence.

Ce collègue d'origine indienne sera sanctionné pour avoir brisé l'omerta. Il perdra son travail dans l'administration. Mais John est moins tributaire des pressions locales. Il interpelle le vice-président de la Banque centrale : « *Dès que j'ai évoqué la gestion de l'argent accumulé par les coopératives, j'ai senti dans son regard qu'il aurait aimé me voir aussitôt disparaître à des milliers de kilomètres, hors de sa vue* », se rappelle John, qui comprend soudain que tout le monde est complice de ce système véreux. Il décide alors de publier un long article dans le *Business Times*, le plus grand quotidien économique de la région, dénonçant publiquement cette situation. L'article paraît le 14 décembre 1985. La veille, John Christensen, qui mesure bien la portée de ses accusations, a quitté définitivement la Malaisie. Suite à ses révélations, 24 coopératives malaises sur 34 vont s'effondrer comme des châteaux de cartes, provoquant un véritable séisme dans le pays.

Pourquoi la pauvreté résiste à tout ? En partie, parce que des sommes qui auraient dû servir au développement sortent des pays pauvres. Et où va cet argent ? John découvre que les détournements des coopératives de Malaisie sont souvent placés dans son propre pays, en Angleterre. Plus précisément à la City de Londres, « *le plus grand paradis fiscal du monde. Une ville administrée par un État dans l'État : la corporation de Londres. C'est un incroyable lobby politique.*

Aucun gouvernement ne peut le faire plier », souligne-t-il. Mais l'argent des petits paysans malais se retrouve aussi à Jersey, son île. Sur les terres de son enfance, qui ont bien changé en son absence.

À peine rentré d'Extrême-Orient, il s'y rend et retrouve certains de ses anciens camarades de classe, désormais employés dans un secteur en pleine expansion : la banque et les services financiers. Il pose des questions, raconte son étonnante expérience, évoque les détournements de fonds malais, leur placement à Jersey. Et se heurte à une fin de non-recevoir. « *Je sentais même une réelle hostilité : qui étais-je pour oser poser des questions ?* » s'exclame John. Sa curiosité spontanée ne rencontre que visages fermés, commentaires laconiques. Que devient l'argent qui arrive dans l'île ? Quelle est l'ampleur des sommes concernées ? *No comment.*

« *Je suis rentré de ces vacances à Jersey un peu perturbé* », se rappelle John, hanté par le pressentiment d'une menace invisible, prenant soudain conscience qu'il y avait « *quelque chose de pourri dans ces paradis fiscaux* ». D'autres obligations l'accaparent vite. À Londres, il se replonge dans le travail, s'attelle à finir sa thèse sur le système des coopératives. Il veut y insérer un chapitre sur les paradis fiscaux. «*Je me suis alors soudain aperçu qu'il n'existait aucune documentation sur le sujet. Rien, un vaste trou noir. Le sujet était tabou, secret*», explique-t-il.

Autour de lui, ce sont l'indifférence et la complaisance qui dominent. Nous sommes au milieu des années 1980. L'argent s'affiche, se gagne et se dépense en abondance. «*La plupart des gens trouvaient que c'était en réalité une idée splendide, ces endroits où l'on pouvait payer moins d'impôts !*» se souvient John. C'est à ce moment-là, note-t-il, «*que l'impôt commence à être perçu comme un coût. Non pas une redistribution des richesses pour le bien de tous, mais une charge à réduire, notamment en utilisant les atouts des paradis fiscaux*». Pressées par les exigences croissantes de leurs actionnaires, les multinationales imposent de plus en plus souvent des stratégies d'«*optimisation fiscale*». Le terme rencontre vite un franc succès, mais personne ne semble connaître l'ampleur du système.

John prend alors une décision, qui va changer sa vie, il en a aussitôt conscience. Il va retourner à Jersey, abandonner les perspectives de carrière qui s'offrent à

Londres, et rentrer dans cette île devenue si mystérieuse. Pour étudier le système de l'intérieur et comprendre comment ça marche. Ce fut une décision presque solennelle, mûrement réfléchie. Il hésite d'ailleurs à sauter le pas. Part trois mois au Burkina Faso chez un ami intime, lequel fera tout pour le dissuader. « *Tu vas au mieux t'ennuyer, au pire te retrouver dans un univers hostile, contraire à tes valeurs* », plaide l'ami. Mais au fond, John sent qu'il n'a pas le choix : il faut passer par là, pour comprendre enfin la vraie nature de ce faux paradis.

En septembre 1986, le voilà donc de retour à Jersey. Il y est accueilli à bras ouverts. Son CV séduit aussitôt le secteur bancaire en pleine expansion. Il n'y a pas tant de gens qualifiés que ça, sur cette île sans université. Alors qu'il y a soudain beaucoup d'argent à gagner, beaucoup de postes à pourvoir ! John n'a que l'embarras du choix. Il commence sa nouvelle vie dans une société comptable, avant de se faire débaucher un an et demi plus tard et devenir le conseiller économique du gouvernement de Jersey.

Le train de vie est appréciable. « *Un très bon salaire* », souligne John, une grande maison en centre-ville. Et aussi ces compétitions de catamaran, grâce auxquelles il devient vite une petite célébrité locale. Sans oublier ses critiques de cinéma pour la BBC qui lui permettent de s'évader.

Car le paradis dévoile vite sa face obscure. Grosses bagnoles, fringues, vacances exotiques en *first class* : l'hédonisme proclamé des collègues et amis cache mal une atmosphère oppressante. On boit beaucoup à Jersey, souvent un peu trop. Pour combler un léger ennui certes, mais aussi parce que tous ont « *vaguement conscience de faire un boulot pas très joli, même si personne n'en parle. C'est devenu une société avec une culture très agressive* », constate aujourd'hui John.

Lui, évidemment, il ne peut pas s'en empêcher. Il recommence à poser des questions, met le doigt là où ça gêne. « *Mais moi, j'en ai rien à foutre de l'Afrique !* » le coupe sa supérieure hiérarchique lorsque John l'interpelle, un soir autour d'un verre, sur les conséquences des fuites de capitaux pour les pays pauvres. La réaction est brutale, mais elle ne l'étonne plus. À ce moment-là, John a déjà compris. Pourquoi la pauvreté résiste à tout ? Parce que, dans les centres offshore, des petits malins s'exercent avec brio à déguiser l'argent qui s'évade, trouvent mille astuces pour lui donner une nouvelle virginité et permettent ainsi aux plus riches de s'affranchir de leurs obligations et de voler des sommes énormes. Les règles ne sont pas les mêmes pour tous.

« *En associant l'impôt avec une charge, ils ont réussi à pervertir le langage* », explique-t-il. « *Optimisation fiscale* » : derrière ce mot, John comprend désormais qu'il y a une autre réalité. L'argent « *optimisé* » échappe aux caisses de l'État. Et pour faire face aux dépenses, la charge retombe alors sur ceux qui n'ont pas les moyens de frauder : les classes moyennes, les pauvres, les citoyens ordinaires, mis plus lourdement à contribution pour combler le manque, et faire fonctionner les hôpitaux, les écoles, la police et tous les autres services publics.

Résultat : tandis que les riches s'enrichissent, les pauvres s'appauvrissent et l'impôt, trop lourd à supporter, devient vite impopulaire. Tandis que l'évasion fiscale, elle, reste invisible. Sauf évidemment quand on travaille dans le secteur bancaire à Jersey.

Le montant des sommes qui défilent donne vite le vertige. La plupart des dossiers que John doit traiter concernent des tentatives de fraude fiscale. « *On créait des compagnies fictives. On gérait des comptes sous de faux noms. On brassait des milliers et des milliards de livres chaque jour* », se rappelle-t-il. Bien sûr, le système se veut très discret et John a dû gagner la confiance de ses chefs avant d'avoir accès à une quinzaine de gros clients. Sans jamais voir la totalité des dossiers, car le travail est habilement morcelé.

Mais un œil averti repère vite les noms de personnalités connues et des grandes compagnies… John est effaré. « *Ce système est totalement destructeur. Pour un euro investi dans l'aide des pays du Sud, il y a 5 euros qui s'enfuient dans les centres offshore. À quoi sert alors l'aide au développement ? Comment les pays pauvres peuvent-ils s'en sortir ? Et le tiers-monde n'est pas le seul concerné. C'est le développement de toutes nos sociétés qui est ainsi amputé* », précise-t-il.

Les paradis fiscaux se sont développés comme des petits pains miraculeux. De moins d'une vingtaine, il y a encore un quart de siècle, il y en a désormais plus d'une soixantaine sur la planète. Mais les paradis ainsi créés sont artificiels, les richesses qu'ils accumulent ne leur appartiennent pas, imposent le règne du profit à court terme, éphémère et stérile. «*Dans le jargon financier, c'est ce qu'on appelle précisément la "maladie de Jersey" : la captation d'un État par les banques, qui décident de tout sur place, dévorent tout. À Jersey, ce sont elles qui ont fini par dicter les règles au pouvoir local*», souligne John.

Après avoir été embauché comme conseiller économique au gouvernement de Jersey, John a bien tenté de s'opposer à cette logique suicidaire. Quand une nouvelle banque demande le droit de s'installer à Jersey, il tente de convaincre ses supérieurs qu'un accord ne ferait que renforcer le poids déjà ahurissant du secteur bancaire dans l'économie de l'île. Mais on ne lui prête guère d'attention, lui demandant au contraire de tout faire pour favoriser, encore et encore, la croissance de ce secteur omnivore.

Les banques accaparent la plupart des emplois. Elles ont détruit le tourisme, qui n'arrive plus à recruter et souffre des prix exponentiels de l'immobilier. «*À Jersey, les prix de construction sont trois fois plus élevés qu'à Saint-Malo qui se trouve pourtant juste en face. Tout y coûte très cher*», rappelle John. Le monde de son enfance a bien disparu : «*Il y avait deux mille fermes sur l'île quand j'étais enfant, elles ne sont plus qu'une vingtaine aujourd'hui*», déplore-t-il.

Obsédé par l'appât du gain et le court terme, Jersey est un paradis perdu. Dès 1994, au retour d'une année de congé sabbatique à Londres, John sent ses résistances faiblir. Le spectacle est trop déprimant, le combat sur place inaudible, inutile. Et il a déjà appris ce qu'il voulait comprendre. Seule alors l'insistance de sa femme, une Française, le maintient encore dans l'île. Un premier garçon est né en 1993. Elle voudrait un second bébé. Pourquoi partir alors qu'ils ont là de bons salaires, tout le confort nécessaire ? Un deuxième garçon vient au monde en 1996. John patiente encore deux ans, puis démissionne brusquement et entraîne toute sa petite famille à Londres. Une nouvelle vie commence. Il retrouve vite du travail comme économiste dans une société de conseil qui évalue les risques environnementaux pour les entreprises dans les pays du Sud. Il est heureux, il se sent enfin utile.

Mais un jour, trois petits vieux viennent toquer à sa porte. John les connaît : ce sont des habitants de Jersey ! Ils sont venus le voir, disent-ils, parce qu'ils savent combien il est opposé à ce qui se passe sur l'île.

Son départ de Jersey, ses interventions dans la presse, ont construit sa légende. «*Ils me considéraient un peu comme une sorte de De Gaulle en exil*», se souvient John en riant. Et justement, ces trois-là ont une mission pour «*le plus célèbre dissident de Jersey*», comme l'a surnommé un jour le quotidien *The Times* : ils veulent que John les aide «*à libérer l'île*», proclament-ils. «*Libérer*» ? Le mot a une consonance particulièrement forte pour les habitants de Jersey, «*car l'île a été occupée pendant la guerre*», précise John.

Lui aussi avait remarqué combien la transformation de Jersey affectait les anciens. Eux qui ont vu leur mode de vie disparaître, et qui voyaient leurs enfants partir, s'exiler, faute d'emploi et de moyens suffisants pour survivre sur place. «*Il y a un sentiment spécial quand on vient d'une île. Partir de son bout de terre est une déchirure particulière, une vraie blessure*», rappelle-t-il.

John prend très au sérieux l'offre de ses trois visiteurs. Ce sont eux qui vont financer le lancement en 2002 du Réseau pour la Justice Fiscale. Plus connu sous son appellation en anglais, le Tax Justice Network se bat contre l'évasion fiscale et l'emprise des paradis fiscaux sur l'économie mondiale. Avec aujourd'hui des antennes dans une soixantaine de pays et plus de six cents chercheurs et journalistes associés, John Christensen en est le très actif Secrétaire général.

Jersey n'a pas encore été « *libéré* ». Mais lui, il est sur tous les fronts, multiplie les campagnes de mobilisation, les conférences et les réunions, pour faire comprendre la gravité des enjeux. « *La plupart des gens ne réalisent pas que la moitié des transactions commerciales de la planète passent par les paradis fiscaux. Lesquels capturent ainsi une part énorme de l'économie globale* », souligne-t-il. En 2005, Tax Justice Network avait estimé à plus de 10 000 milliards de dollars les richesses accumulées dans les caisses des centres offshore.

10 000 milliards ? À ce niveau-là, les chiffres sont tellement énormes qu'il est impossible de s'en faire une idée concrète. Mais l'ONG a également calculé que cette somme vertigineuse, planquée à l'ombre, privait chaque année les États de 255 milliards de dollars de recettes fiscales. Ce qu'il serait possible de réaliser, si ces sommes incroyables étaient versées dans

les caisses des États, se révèle déjà plus concret : John rappelle aussi que l'ambitieux programme de l'ONU pour mettre fin à la pauvreté dans le monde nécessite de débloquer «*seulement*» 195 milliards de dollars.

Or les pays du tiers-monde sont les premières victimes de l'évasion fiscale. *«L'argent détourné dans ces pays révèle l'alliance monstrueuse entre les élites du Sud et le pire des systèmes du Nord. Car c'est bien dans les centres offshore que ce pacte se réalise. Là où atterrit aussi l'argent du crime, où se recycle l'argent sale*», souligne John.

Le message est parfois difficile à faire passer. Surtout lorsque certains paradis fiscaux jouent sur les symboles pour brouiller les cartes. John se souvient d'avoir vu, à la tribune de l'ONU, cette avocate noire, représentant les Bahamas, qui fustigeait les «*ONG blanches*» en guerre contre les paradis fiscaux, dont les plus célèbres se trouvent justement dans la mer des Caraïbes. Se faire taxer d'«*impérialiste*» et de «*néocolonialiste*», quand on réclame la fin de la fuite des capitaux et du secret bancaire, ne manque pas de sel !

Mais John prend parfois un malin plaisir à

démasquer ces faux héros du tiers-monde. Comme Bono par exemple. John lui avait donné rendez-vous à la Royal Society of Arts. « *Oui, c'est ici, dans cette vénérable institution que j'ai rencontré les avocats de Mister Bono* », se rappelle-t-il, avec un sourire malicieux.

Tout le monde connaît l'engagement du célèbre chanteur du groupe U2 en faveur de l'abolition de la dette du tiers-monde. Grâce à ce combat très médiatique, la star est devenue une icône de la lutte contre la pauvreté dans le monde. Mais on sait moins que Bono n'a pas hésité à transférer sa propre fortune à Amsterdam, pour échapper à l'impôt en Irlande.

Son pays natal avait pourtant encouragé le succès du groupe U2, en l'exemptant de taxes pendant des années. Mais quand les autorités de Dublin ont fait savoir leur intention de prélever un minimum sur les bénéfices du groupe devenu millionnaire, Bono et ses musiciens ont illico changé d'adresse fiscale. « *C'est une hypocrisie formidable de se proclamer le héraut de l'abolition de la dette du tiers-monde tout en refusant de participer aux besoins de son propre pays ! Quel exemple ! Alors même que les pays du Sud ont plus besoin de recettes fiscales que de charité !* » s'indigne John qui avait invité Bono à faire amende honorable en rejoignant son réseau. « *En fait, il n'est jamais venu au rendez-vous. Il nous a juste envoyé ses représentants légaux qui ont pris des notes, sans piper un mot.* »

L'ONG de John ne s'est pas privée de faire connaître la dérobade du chanteur et de dénoncer son double langage. Est-ce pour cette raison que la star, annoncée au Sommet pour le Développement à Doha, en novembre 2008, ne s'est finalement pas présentée ? John a la coquetterie de le croire, porté par cet optimisme combatif qui le rend si confiant dans la bataille. Surtout depuis que les masques ont commencé à tomber.

En juin 2008, lorsque USB, la plus grande banque suisse, se fait coincer par le fisc américain comme un vulgaire voleur de pommes, John et son réseau en rajoutent et accusent publiquement la banque de « *conspiration contre le peuple américain* », réclamant à la justice la plus grande sévérité face aux gigantesques fraudes que la banque a favorisées.

« *Nos déclarations publiques ont suscité un vent de panique en Suisse, le ministre des Finances était tellement stressé par nos pressions qu'il a eu une attaque cardiaque !*» rappelle John, non sans dissimuler un certain plaisir. «*Le scandale d'USB a révélé des pratiques de mafieux. La banque suisse encourageait les plus riches contribuables américains à frauder. Avec des documents souvent codés et ensuite passés au broyeur. Certains clients ont même fait passer des diamants cachés dans de la pâte dentifrice !*» s'exclame-t-il.

Le montant total des actifs ainsi cachés par les clients américains d'USB est estimé à 15,8 milliards d'euros (près de 20 milliards de dollars). Très vite, l'affaire a été prise très au sérieux outre-Atlantique, où les pressions se sont multipliées pour que USB révèle les noms des quelque dix-neuf mille clients indélicats. Le 19 juin 2008, un ex-gérant de la banque suisse finit par plaider coupable d'aide à la fraude fiscale devant le Tribunal de Floride. Un représentant d'USB sera même contraint de présenter des excuses devant le Sénat américain. Mais la nouvelle Administration du président Obama exige bien plus : menaçant d'interdire toute activité d'USB aux États-Unis, elle finit par obtenir début 2009 l'identité de deux cent cinquante des clients américains de la banque, qui doit également s'acquitter d'une amende de 780 millions de dollars. Et Washington ne s'arrête pas là, exigeant désormais des informations sur cinquante-deux mille comptes détenus par la banque suisse. Pour John et les militants du réseau pour la justice fiscale, c'est une victoire historique.

Quelques mois plus tôt en Allemagne, un autre scandale a révélé que près de huit cents contribuables ont pendant des années fraudé le fisc en cachant leur fortune au Liechtenstein. L'affaire a été rendue publique grâce à un CD contenant les listings des fraudeurs, dérobé par un ancien employé de banque du Liechtenstein et vendu pour 5 millions d'euros aux services secrets allemands. La justice se saisit immédiatement du dossier. On verra ainsi des personnalités aussi importantes que Klaus Zumwinkel, le patron de la Deutsche Post, cueilli par la police au petit matin, dans sa villa de Cologne, pour avoir dissimulé plus d'un million d'euros sur le compte d'une fondation au Liechtenstein. Dès le lendemain de cette interpellation, il démissionnera de toutes ses fonctions. Bien d'autres sont toujours dans le collimateur. Mais les listings du CD contiennent aussi des informations sur d'autres fraudeurs : en France, en Italie, en République tchèque. Au total, mille quatre cents contribuables qui auraient dissimulé en tout près de 4 milliards d'euros.

«*Avec de tels scandales, c'est le contrat social qui est rompu. Certains cachent leurs fortunes, pendant que d'autres paient à leur place. Mais si on veut que ça change, il faut que cette colère débouche sur une véritable prise de conscience et pousse les gouvernements à agir contre les paradis fiscaux*», martèle John. Dans son propre pays, une enquête réalisée par le quotidien *The Guardian* début 2009 a révélé que la plupart des grandes compagnies britanniques utilisent régulièrement des stratagèmes sophistiqués pour échapper au fisc. En 2006, 30 % de ces très grandes entreprises auraient ainsi réussi à être exemptées de taxes. Selon le quotidien britannique, le manque à gagner pour les caisses de l'État, estimé à près de 12 milliards de livres, équivaudrait à la construction de «*480 écoles, 300 hôpitaux et 1,3 million de nouvelles places en crèches*».

Ces révélations contribuent au sursaut des citoyens. Mais John le sait, le combat sera long : à ses yeux, la lutte contre les paradis fiscaux ressemble à celle menée en son temps par les premiers opposants à l'esclavage. «*Il a fallu des décennies pour faire admettre que c'était un crime. Et les abolitionnistes devaient faire face aux mêmes arguments : la fin de l'esclavage nuirait à l'emploi à Liverpool, disait-on alors. C'est incroyable, mais déjà à l'époque, Jersey et Guernesey étaient des ports d'attache pour les bateaux qui transportaient les esclaves. Aujourd'hui comme à l'époque, il faut persuader les opinions publiques qu'on ne sauve pas ainsi l'emploi. Bien au contraire, c'est la fuite des capitaux cachés dans les paradis fiscaux qui le détruit. C'est ce qu'il faut faire comprendre*», souligne-t-il.

Lui-même a mis tant de temps à comprendre l'ampleur du désastre. De la Malaisie, à Jersey, en passant par l'Inde et Londres, sa vie ressemble au fond à une quête initiatique qui n'a fait qu'anticiper les vents de colère de l'époque actuelle. Mais ils sont bien là désormais, et il faut saisir cette occasion pour en finir avec un système qui «*a dénaturé l'essence même du capitalisme*», note-t-il.

Soudain, il balaie d'un geste ample le décor qui nous entoure : «*Ici, à la Royal Society of Arts, on peut invoquer le fantôme de Marx. Il aurait tout de suite compris, lui, combien l'énergie mise à frauder l'impôt nuit en réalité à l'esprit d'entrepreneur, conforte des profits stériles, sans innovations, qui gangrènent l'économie.* » John Christensen en est convaincu : « *Le néolibéralisme est mort, le monde est désormais prêt pour de nouvelles idées.* »

John retourne souvent à Jersey, où vivent encore sa mère et trois de ses frères. Il n'a pas renoncé à sauver l'île de son enfance. Finalement c'est aussi parce qu'il venait de ce morceau de terre, aujourd'hui colonisé par les banques, qu'il s'est lancé dans cette bataille contre les paradis fiscaux. « *Ce combat sera désormais celui de toute ma vie* », dit-il. Puis il ajoute, soudain songeur : « *Je le dis sans aucun regret, car j'ai croisé tellement de gens formidables sur ma route ! C'est une expérience très riche dans une existence humaine de se battre pour quelque chose de si vital.* »

Raffaele, sauver Naples ou mourir

Par amour pour son pays natal, un écologiste est parti en guerre contre les déchets toxiques qui empoisonnent sa région. Il dénonce les liaisons dangereuses qui ont conduit au désastre.

« *Je voudrais ajouter quelque chose...* » Notre rencontre tire à sa fin, mais soudain Raffaele Del Giudice semble presque au bord des larmes. Elles font légèrement briller ses yeux, dissimulés derrière de fines lunettes d'instituteur. « ... *Je voudrais que le monde réalise combien mon pays est beau* », ajoute-t-il, avec une solennité assez inattendue. Comme si finalement, après tant de discussions dans ce local du centre de Naples qui lui sert de QG, il n'y avait que ça qui comptait : la beauté d'un pays et l'amour qu'on ressent pour cette terre qui vous a vu naître.

En italien «*paese*», «*le pays*», c'est d'abord ça : non pas une nation, mais un hameau, un village, une région, à laquelle on s'identifie corps et âme. Qui vous marque à jamais. Quand il est triste, Raffaele enlève ses chaussures et sort dans son jardin. Il enfonce alors ses pieds nus dans le sol et reste là, jusqu'à ce qu'il sente à nouveau ces racines qui le relient, lui le descendant de toute une lignée de paysans, à un tout petit morceau d'Italie. Sa terre mère. Au nom de laquelle il a finalement abandonné son premier métier d'éducateur auprès de jeunes délinquants, pour affronter de vrais voyous : ceux qui détruisent sans scrupules cette région autrefois si fertile. «*Trois récoltes par an ! La Campania Felix comme l'appelaient les empereurs romains. Ils venaient ici pour l'air pur, la beauté de la mer et l'abondance des fruits*», rappelle-t-il avec cet enthousiasme qui le prend aux tripes dès qu'on évoque sa région natale.

Mais aujourd'hui la terre se meurt, imbibée de poison. Des déchets toxiques déversés par milliers de tonnes ont imprégné les sols, empoisonné l'air, contaminé les fruits. Ils tuent aussi désormais les habitants. Dans le cimetière de son village, à une trentaine de kilomètres au nord de Naples, Raffaele ne compte plus les quadragénaires qui y reposent. Victimes de leucémie, de cancers de la thyroïde, dont l'explosion silencieuse décime lentement la population. «*Nous sommes en train de mourir dans l'indifférence du monde*», souligne-t-il.

C'est pour ça qu'il est parti en guerre. Contre la pollution ? Pas seulement. Contre le profit insatiable qui méprise les paysans, les contraint à quitter leurs terres contaminées et à s'exiler plus loin à l'intérieur du pays. Contre cette logique de court terme qui conduit à brader l'avenir, au nom de l'argent vite gagné. Contre le silence de tous ceux qu'on achète pour qu'ils détournent les yeux, quand, la nuit, on vient décharger des tonnes d'amiante au milieu des herbes folles, ou qu'on fait passer des boues toxiques pour des fertilisants.

Il fallait briser ce consensus coupable ou se résigner à mourir. Il fallait un homme en colère, pour bousculer les petits arrangements discrets qui ont produit «*un nouveau Tchernobyl*», souligne Raffaele.

Il est donc devenu le porte-parole de ces victimes ignorées. Tellement méprisées, tellement oubliées, que lui, Raffaele, ressemble parfois à un Don Quichotte qui s'attaquerait non pas à des moulins à vent, mais à des décharges. Il y en a tant dans la région de Naples : plus de quinze mille, dit-on. La plupart clandestines, illégales. De toute façon, les vraies décharges, elles, sont saturées depuis longtemps. Alors, dans la campagne, on jette ses ordures n'importe où. On les aperçoit souvent le long des petites routes, elles sont éparpillées sur le bas-côté : des poubelles à ciel ouvert qui évoquent des paysages de guerre. Des tonnes de métaux, de cartons, de sacs plastiques, mais aussi des frigos, des radiateurs, vestiges d'une civilisation qui se consume en consommant, mélangés et abandonnés sur place, comme au lendemain d'une bataille. Pompéi n'est pas loin, pourtant aucune éruption, aucune catastrophe naturelle n'explique ce naufrage…

Mais les ordures les plus nocives ce sont les résidus industriels. En général, ils ne viennent pas de la région, ils ont été déversés là par les usines du Nord du pays. « *140 millions de tonnes de déchets en neuf ans, deux fois la taille de l'Everest par année* », d'après Raffaele. Ces rebuts toxiques, il les cherche sans cesse, sillonne la région pour les repérer, prendre des photos, interpeller encore et encore les politiques et les médias. À Naples, il a l'image d'un homme un peu… agité.

Il détonne surtout, ce jeune quadragénaire aux cheveux poivre et sel, vêtu d'un costume cravate gris, qu'on découvre un début d'après-midi, dans ce local du vieux Naples, entouré d'une bande de jeunes alternatifs, qui eux préfèrent apparemment les T-shirts multicolores et les piercings. Raffaele est un drôle d'écolo. On l'imaginerait plus facilement derrière le bureau d'une banque ou d'une administration.

Depuis peu, il est pourtant devenu le directeur régional de Legambiente, la plus grande association de défense de l'environnement en Italie. Mais en réalité, voilà plus de quinze ans qu'il milite au sein de cette organisation, qui a ajouté un nouveau concept au vocabulaire du crime organisé : l'ecomafia.

Un terme qui a facilité une prise de conscience : les activités de la Mafia ne se limitent pas à un monde parallèle, presque folklorique, qui organiserait ses petits trafics dans son coin. Les mafieux sont des prédateurs, ancrés dans la vie quotidienne, qui pillent le patrimoine commun. En s'emparant du marché des déchets dans la région de Naples, la Camorra, la mafia napolitaine, a pris toute la population en otage.

«*Ce n'est pas juste qu'on me prive de mon futur. Ce n'est pas juste que les enfants de ma sœur pensent que le ciel est toujours gris, car c'est la seule couleur qu'ils connaissent, à cause des déchets qui brûlent jour et nuit sur notre terre*», martèle Raffaele avec cette voix claire et forte qui font de lui un tribun naturel.

Lui aussi, d'ailleurs, a inventé un nouveau mot, repris depuis par tous les médias : «*la terre des feux*», pour désigner ce triangle au nord de Naples, entre Acerra, Vilarranca et Qualino. Baptisé ainsi à cause de la fumée permanente des ordures qu'on y brûle sans autorisation. «*Je suis né à Qualino, au cœur de ce triangle de la mort où l'on respire la dioxine à pleins poumons. Et je me battrai jusqu'au bout pour sauver cette terre-là*», répète-t-il encore, comme une obsession.

Pour lui tout a commencé un soir de 1991. Il venait de découvrir sa première décharge illégale. Là, tout à côté du village. Il s'étonne, se scandalise, puis prend des photos et décide de les projeter sur les murs de l'église. C'est alors qu'un homme est venu le trouver et lui a dit : « *Petit, fais attention. C'est dangereux ce que tu fais là. Tu vas t'attirer des ennuis. Tu devrais plutôt venir militer au sein de notre association.* » Dès le lendemain, Raffaclc avait rejoint les rangs de Legambiente, comme on entre dans la Résistance.

Mais même en faisant partie d'un groupe aussi connu au niveau national, on n'évite pas les risques dans une région tenue par la Mafia, où assassinats et règlements de comptes rythment la vie quotidienne.

Des menaces ? Bien sûr qu'il en a reçu ! Mais quand on lui demande de préciser, il évacue la question avec un dédain quasi superstitieux : « *Bah !... Non, je m'en fous. J'ignore les intimidations. La beauté de mon pays vaut plus qu'une balle de revolver* », s'exclame-t-il. Puis il ajoute aussitôt : « *Attention, ce n'est pas de l'héroïsme, ce n'est pas du courage. Mais je sais que si je cède à la peur, une seule fois, alors cette peur m'accompagnera partout et je serai contraint de céder à nouveau. Refuser les menaces, c'est un réflexe normal. C'est l'instinct de survie.* »

Peu à peu, en plusieurs années de combat, Raffaele a beaucoup appris. Sur le poids du silence et sur la force de la mobilisation. Mais aussi sur l'ampleur des compromissions qu'il faudrait briser.

Il se souvient d'avoir hurlé pendant des années dans un désert. Ignoré des médias, comme des institutions. Bien sûr, tout le monde les voyait ces décharges, tout le monde s'offusquait, mais personne ne mesurait les risques réels. Ce n'est qu'en 2003, lorsqu'il a fait procéder aux premiers tests de laboratoire sur les terres contaminées que le soupçon d'un danger monstrueux, mortel, a commencé à naître. Il en faudra bien plus pour secouer l'inertie des autorités nationales.

« *Tout le monde se fout de Naples ! Depuis toujours nous sommes les chiottes de l'Italie. Et qu'est-ce qui se passe quand vous êtes invité dans une maison ? On vous emmène dans le salon, on veut bien vous montrer la cuisine, mais on ne vous fera jamais visiter d'office les WC. Nous aussi, c'est pareil, on refuse de nous voir* », peste Raffaele, en hochant la tête.

Mais depuis janvier 2007, la crise des déchets à Naples a fini par être exposée aux yeux du monde. Les médias internationaux se sont précipités dans une ville engloutie sous les ordures, pour condamner le rôle néfaste de la Camorra. Et puis les caméras sont parties, satisfaites de cette explication, finalement superficielle.

Raffaele, lui, sait depuis longtemps que cette équation est simpliste. Il prend une feuille et un stylo, puis dessine un triangle : « *Sur le point A : les déchets de l'industrie située au nord de l'Italie. Depuis quelques années, ça coûte de plus en plus cher de gérer ces déchets, surtout lorsqu'ils sont toxiques. Et les industriels ne veulent pas payer pour ces rebuts qui ne leur rapportent finalement rien. Alors que vont-ils en faire ? Ils les emmènent sur le point B : chez les experts, ingénieurs, géologues, chimistes, qui falsifient les analyses et font passer les déchets toxiques de l'industrie pour des ordures ordinaires. Enfin, on arrive au point C : la Camorra qui a les camions pour transporter les déchets du Nord vers le Sud du pays, et qui possède les terrains pour les ensevelir ou les stocker* », explique-t-il.

Raffaele l'a compris : dans cette histoire, la Camorra n'est que le maître d'œuvre. La décision d'empoisonner la terre de Naples est venue du lobby économique du Nord. De ces industriels obsédés par le profit qui ont refusé de payer pour des déchets devenus de plus en plus onéreux, alors que la société se préoccupe désormais d'environnement. *« La crise des déchets à Naples, c'est d'abord un gros business d'évasion fiscale* », résume Raffaele. Voilà, l'équation fatale, celle que personne ne veut réellement voir ou assumer.

Et comme si l'ancien éducateur reprenait toujours le dessus chez lui, il se saisit à nouveau de sa feuille et de son stylo pour un petit exercice de calcul mental qu'il détaille avec la précision d'un maître d'école. « *Admettons que je sois une entreprise qui produit 1 000 tonnes de vernis, dont 40 tonnes de rebut de fabrication. Le gouvernement va me demander de payer des taxes, afin que les services publics retraitent ces 40 tonnes de déchets qui polluent. Mais si je déclare avoir produit seulement 500 tonnes de vernis, alors bien sûr je divise aussi par deux les déchets déclarés. Et je ne paierai des taxes que sur les 20 tonnes, celles officiellement produites. Reste un problème : qu'est-ce que je fais des 20 tonnes supplémentaires, que je n'ai pas déclarées ? C'est très simple, je les envoie, en cachette, ici, dans le Sud !* » s'exclame-t-il avec force, en jetant son stylo sur la table.

Paradoxalement ce serait donc le lobby industriel

du Nord qui aurait en réalité corrompu la Camorra. « *En instaurant un joint-venture avec la Mafia, on a mis en place une politique-industrielle-criminelle* », insiste Raffaele, en appuyant sur chaque mot avec cette force musicale qui n'appartient qu'aux langues du Sud.

À Naples, les gens adorent les formules lapidaires qui résument une situation. Surtout lorsqu'elles associent des termes en apparence contradictoires. Comme ce jugement de Vito Faenza, célèbre journaliste du quotidien local *Corriere del Mezzogiorno* : « *Les mafieux sont les meilleurs des capitalistes* », aime-t-il répéter. Une manière de suggérer que les mafieux n'investissent que dans des secteurs porteurs, que ce soit la cocaïne ou les déchets, les deux trafics les plus rentables aujourd'hui au sud de l'Italie. Mais associer le capitalisme et la Mafia, l'économie libérale légale et celle qui est, en principe, souterraine et illégale, c'est aussi une façon de rappeler qu'en réalité, les camorristes sont depuis longtemps devenus des entrepreneurs presque « *normaux* ». Et, plus encore, qu'ils s'insèrent parfaitement dans un « *système* » qui étend ses ramifications bien au-delà des clans eux-mêmes.

La région de Naples est ainsi devenue une terre d'expérimentation pour le capitalisme le plus sauvage, «*une zone franche idéale, sans intervention de l'État*», comme le rappelle Raffaele. Avec pour seule règle, le profit. Et tant pis s'il distille une odeur nauséabonde sur les routes secondaires de l'arrière-pays.

Comme tous les Napolitains, Raffaele Del Giudice connaît aussi la fameuse phrase du camorriste repenti Nunzio Perrella qui déjà en décembre 1992 déclarait au tribunal : *« La munnezza e oro.* » Les immondices, c'est de l'or. Bel exemple, là encore, d'association de termes en apparence contradictoires. Mais qu'il faudrait en fait traduire plus simplement par «*la merde, c'est du fric*». Et ça rapporte à tout le monde : à ceux qui s'en sont débarrassés, à ceux qui la transportent, à ceux qui la stockent. Mais aussi à ceux qui finalement vont devoir gérer cette crise, lorsque, face à l'ampleur du désastre, il faudra bien se résoudre à appeler un plombier, pour déboucher ces WC qu'on refuse toujours de voir.

Combien de fois Raffaele a-t-il interpellé les fameux commissaires spéciaux, nommés par Rome, et qui se sont succédé à Naples, avec pour mission de régler une fois pour toutes la crise des déchets ?

Combien de fois s'est-il invité à leurs conférences de presse ? Immiscé dans les visites organisées en grande pompe sur un site de décharge a priori en règle, pour les mettre face à leurs contradictions, pour dénoncer leur hypocrisie ? « *Il y a eu onze commissaires depuis que l'état d'urgence a été décrété dans la région de Naples en 1994. Leur bilan ? Zéro. Ils n'ont jamais rien réglé. Ils ont toujours préféré les petites solutions provisoires à une politique définitive* », condamne-t-il sans détour. En quinze ans, le Commissariat chargé des déchets est vite devenu une grosse machine, engloutissant des millions d'euros. Justifiant sa légitimité en bricolant le strict minimum pour assurer sa propre survie. Et n'hésitant pas à partager le trésor de guerre, celui des fonds débloqués par l'État, avec des entreprises peu scrupuleuses.

Très vite, Raffaele l'a compris. On crée sept centres de retraitements des déchets, les fameux CDR, dans la région ? Il se rend sur place et voit bien qu'il n'y a aucun tri, que le plastique, par exemple, est mélangé au reste. Oh, il y a bien une machine censée séparer le biodégradable de ce qui ne l'est pas. Mais le cylindre est si gros que tout passe ! Dans une autre usine, c'est le filtre qui curieusement est carré, au bout d'un tuyau… rond. Bref il ne filtre rien ! Et dans toutes ces usines, il l'a constaté : pas un seul extincteur en cas d'incendie. Résultat, quand il fait très chaud, l'été, dans cette région du Sud, comme en… « *2003, 2004, 2005, 2006* », énumère Raffaele, eh bien les usines prennent feu et rien n'arrête cette fumée toxique qui se répand, noircit le ciel et les poumons. En 2006 justement, il s'en souvient encore, on a obligé les habitants de Giuliano à porter des masques à gaz. On a évacué tous les enfants du quartier de Ponte Riccio ! La guerre ? Non, juste les déchets toxiques qui brûlent et empoisonnent l'air. « *Et ça, ce n'est pas la Camorra. C'est de la responsabilité d'un groupe industriel et politique sans contrôle* », martèle notre combattant en costume cravate.

Lors de ses enquêtes, menées en solitaire, il a relevé « *vingt défaillances* » dans les installations créées par Fibe – une filiale de l'entreprise Impreglio qui depuis 2000 a remporté l'appel d'offre pour la gestion des déchets. Un géant de l'industrie italienne qui promet de construire enfin l'incinérateur tant attendu. Mais les travaux prennent du retard. Et en attendant on accumule les ordures dans les centres de retraitement.

On les compacte sans les trier, en ballots, qui s'accumulent, formant les fameuses «*pyramides aztèques*», devenues la nouvelle curiosité touristique de la région de Giuliano. Ces ballots de pourritures mélangées, on les appellera les «ecoballe». Raffaele sera saisi d'effroi quand il constatera que ces millions de petites saucisses blanches dans lesquelles s'imbriquent le toxique et l'ordinaire se mettent à fuir, se décomposent. «*C'est nous à Legambiente qui avons découvert en 2003 que ce n'était pas du combustible qu'on pouvait brûler ! Et pourtant c'est ça qu'ils avaient prévu : les envoyer dans le futur incinérateur et y mettre le feu pour soi-disant transformer tout ça en énergie !*» enrage Raffaele.

En 2007, l'entreprise Impreglio sera inculpée d'«*escroquerie aggravée et continue aux dépens de l'État*». Décision pour le moins radicale et inédite, le tribunal de Naples ordonnera la confiscation préventive de 750 millions d'euros sur les comptes du groupe. Dans la foulée, vingt-huit personnes impliquées dans la gestion des déchets depuis le début de l'état d'urgence seront également accusées. Parmi elles, Antonio Bassolino, président de la région de Naples et ancien commissaire chargé de l'état d'urgence. Auparavant, il avait été pendant deux mandats successifs un maire très populaire à Naples.

Un homme de gauche, finalement happé par la fascination du profit. Les Napolitains ne sont pas prêts d'oublier cette trahison-là, celle du réformateur qui s'est compromis. Aujourd'hui le nom de Bassolino est maudit à Naples. Mais la crise des déchets a eu un autre impact politique : elle fera finalement tomber le gouvernement de centre gauche de Romano Prodi en avril 2008. Les foules de Napolitains en colère au milieu des tas d'ordures, en plein centre-ville, ont fini par faire vaciller Rome.

Raffaele Del Giudice en a tiré les leçons : il faut mobiliser les habitants, «*garder la conscience en éveil*». Pas un soir ne se passe sans qu'il ne se rende à une réunion, n'organise un meeting, une rencontre avec ces paysans auxquels il voudrait tant rendre leur dignité. «*Ce n'est pas vrai que la population est résignée. Il y a une vraie résistance ! Les medias ont raconté que les gens manifestaient devant les sites des décharges car ils ne voulaient pas voir d'incinérateur installé près de chez eux. C'est faux, c'est un mensonge ! La population voyait bien que les installations des centres de retraitement étaient toutes vétustes, qu'il n'y avait aucun contrôle de sécurité ! Pourquoi devraient-ils se taire quand ils voient ça ?* » s'insurge-t-il.

Après la chute du gouvernement Prodi, c'est Silvio Berlusconi qui est revenu au pouvoir. Avec la promesse de régler une fois pour toutes cette « *tragédie des déchets* », comme l'appelle la presse. Son premier Conseil des ministres ? Il le tient à Naples. Il envoie les militaires devant les décharges. Promet la construction de plusieurs incinérateurs et de nouveaux centres de retraitement. Enfin un homme à poigne, pourrait-on penser. Mais il faut lire la nouvelle loi plus attentivement. Les soldats autour des décharges ? « *On militarise l'état d'urgence et parallèlement on interdit désormais aux gens de manifester devant les décharges. C'est devenu illégal !* » rappelle Raffaele. Désormais la loi punit aussi plus sévèrement ceux qui abandonnent leurs ordures sur la chaussée : « *Si je jette mon vieux frigo dans la rue, je risque trois ans de prison. Mais seulement une peine de six mois si je gère une décharge illégale. C'est une folie ! Une cinquantaine de personnes ont été arrêtées à cause de cette loi mais Bassolino, bien qu'inculpé, est, lui, toujours libre.* »

Malgré ces obstacles, Raffaele a organisé un véritable réseau de résistance citoyenne. Des paysans, des commerçants, des voisins, « *des gens ordinaires* », souligne-t-il, qui se transforment occasionnellement en sentinelles et avertissent l'association Legambiente aussitôt qu'un camion suspect sillonne la région, voire vide son contenu dans un site clandestin.

Il a vu avec bonheur ces paysans, qui semblaient si mortifiés, commencer à relever la tête, se montrer « *plus forts, plus décidés* ».

« *Cette prise de conscience commune, c'est fondamental. On ne va pas lâcher et c'est ensemble qu'on peut gagner. Et même faire plier la Camorra, qui se retrouvera comme un poisson privé d'eau* », se prend-il à rêver.

Aujourd'hui Raffaele n'est plus seul dans ce combat-là. Ici et là, d'autres voix s'élèvent, d'autres combattants anonymes tentent eux aussi de rassembler leurs concitoyens pour sortir enfin de cette malédiction qui condamne Naples à subir le joug conjugué de la

Mafia, de la corruption des élites et d'un capitalisme débridé.

Au cœur de la ville, dans le quartier déshérité de la Sanita, un vieux missionnaire, Alex Zannotelli, a soudain décidé de revenir d'Afrique, il y a six ans. Pour s'installer au milieu des plus pauvres et encourager lui aussi ce sursaut nécessaire : un front commun qui, selon le vieil homme, «*doit rassembler tous les mécontentements, leur donner une expression politique*». «*Aujourd'hui ce n'est plus le gouvernement qui détient le pouvoir réel*», dit-il, «*c'est le monde de la finance et les lobbies économiques qui dictent les règles. Or c'est là l'essentiel : il faut ressusciter la politique, lui redonner sa force. Pour que les décideurs économiques ne soient plus ceux qui dictent leurs lois aux représentants élus du peuple*». Aujourd'hui il veut créer un «*mouvement, mais pas un parti : les gens n'ont plus confiance*». Ailleurs, dans l'arrière-pays, au cœur de ce «*territoire*» tenu par la Mafia, d'autres citoyens tentent également d'organiser la résistance. Ils se retrouvent certains soirs, dans des églises isolées au milieu des champs, pour un meeting qui ressemble à une réunion de parents d'élèves. Les enfants courent au milieu des chaises, les femmes sont très nombreuses. On se succède à la tribune, on évoque les signes d'espoir, les défis à relever. Tous répètent leur révolte, leur volonté de faire comprendre au monde que «*les Casalesi ne sont pas un clan mais un pays, une région*». Leur pays, leur région.

Depuis le succès mondial de *Gomorra*, le livre de Roberto Saviano qui dévoile de l'intérieur l'emprise de la mafia napolitaine, *« les Casalesi »* sont devenus célèbres : c'est le nom du clan le plus fameux de la Camorra, dont le fief se trouve à Casal di Principe. C'est de là que vient Roberto Saviano, le héros en exil, menacé de mort par la Mafia.

Qualino, où vit Raffaele Del Giudice, n'est qu'à quelques kilomètres de là. «*Être citoyen ici est bien plus difficile qu'à Vienne ou Paris. Mais moi je veux continuer à être le citoyen de cette terre-là ! Je veux rester près des paysans, de mes voisins, de leurs enfants. Et je ne veux plus qu'on associe les gens de mon pays aux Casalesi, à la Camorra*», explique-t-il avec fougue. Au fond, Raffaele Del Giudice est toujours resté un fils de paysans. Il le revendique d'ailleurs. Mais plus qu'un autre, peut-être, il a pris conscience de la portée universelle de son combat. Son association, Legambiente, milite pour que les crimes environnementaux soient inscrits dans le Code pénal italien.

Pour Raffaele, cette bataille légale ne se limite pas à son pays. Elle doit marquer un sursaut général : la préservation de la vie est plus importante que l'argent et le profit. Si la Mafia, elle, accepte de détruire son propre territoire, son propre «*paese*», c'est précisément parce que «*les mafieux pensent que leur existence sera fatalement courte, puisqu'ils seront tués un jour ou l'autre, et aussi que le profit est plus important que la vie. C'est ce qu'ils enseignent à leurs propres enfants*», rappelle Raffaele. La loi du profit impose toujours le court terme. C'est vrai en Italie, ça existe ailleurs.

Et c'est pour ça que la bataille de Naples a une portée universelle : «*Ce n'est pas une sorte de fait-divers qui concerne la région de la Campanie, et basta ! Si on détruit la tour Eiffel, on me blesse moi aussi. Parce qu'elle m'appartient aussi la tour Eiffel, elle fait partie de notre Histoire à tous. De la même façon, quand on empoisonne ma terre, quand la Mafia et la corruption y prospèrent, nous sommes tous concernés.*

Vous, moi, tous les Européens et au-delà», s'exclame-t-il avec emphase.

C'est à ce moment-là qu'il s'est soudain tu, comme s'il n'y avait plus rien à ajouter, comme s'il fallait arrêter là l'entretien. Et ses yeux se sont mis à briller, il s'est un peu raidi : «*Je voudrais aussi ajouter quelque chose... Je voudrais aussi que le monde réalise un jour combien mon pays est beau...*» Peut-être que, ce soir-là aussi, Raffaele est sorti, pieds nus, fouler cette terre qu'il aime tant. Reprendre racines avec l'essentiel. Pour y puiser le courage de continuer à dire «non!».

Mark et Helen : bras de fer au sommet

Il est suisse, elle est britannique. Tous deux vont braver l'une des plus grandes puissances du monde : le Royaume-Uni. Un combat sans pitié qui s'est achevé de manière inattendue, mais différente, pour l'un et l'autre.

Leur premier face-à-face fut tendu. Ils se trouvaient tous les deux, elle et lui, de chaque côté de la table. Chacun dans son camp. Et ce jour-là, la «*réunion d'explication*» s'annonce musclée. Helen Garlick est venue avec la délégation britannique. Face à eux, le président du Comité de lutte anticorruption de l'OCDE écoute les arguments des émissaires de Londres. Mais d'emblée, Helen sent bien que Mark Pieth est crispé, qu'il juge inadmissible la décision du Premier Ministre Tony Blair d'interrompre la plus grande enquête jamais menée au Royaume-Uni, sur une affaire de corruption. Très vite le ton va se durcir et les reproches seront très directs. Les Britanniques, isolés, se retrouvent au banc des accusés, face à un Comité bien décidé à faire preuve de fermeté. Cette réunion de crise s'est tenue à huis clos à Paris. En janvier 2007, au siège de l'OCDE, l'organisation internationale rassemblant les pays développés de la planète. Chacun était alors dans son rôle. Pourtant, Helen Garlick et Mark Pieth ne sont pas des adversaires. Bien au contraire.

« *Par la suite on s'est revus, on a appris à s'apprécier. On sait qu'on partage les mêmes opinions sur beaucoup de choses* », rappelle Helen, qui se souvient, comme si c'était hier, de cette première rencontre difficile avec Mark Pieth. Ils vont vite se croiser à nouveau. Dans des conférences, des réunions, où finissent toujours par se retrouver ceux qui combattent la corruption, au plus haut niveau de responsabilités. Mais ni Helen, ni Mark ne sont près d'oublier l'affaire qui les a réunis pour la première fois. À cette époque-là, tous deux se retrouvaient au pied du mur. Chacun à sa manière, ils étaient finalement confrontés au même défi : résister ou céder ? Il a tenu bon. Elle, a fini par jeter l'éponge.

C'est une jolie quinquagénaire, « very British », élégante et toujours souriante. Helen Garlick travaille aujourd'hui à mi-temps dans une agence de conseil juridique qui affiche les signes d'une opulence discrète : jolis tableaux sur murs clairs, mobilier design chic et sobre. Elle semble heureuse, presque soulagée, même si la blessure du passé reste encore ouverte. De temps en temps, elle quitte Londres et part en mission pour la Banque mondiale, en Tanzanie ou au Bangladesh… Pour aider ces pays à faire avancer la lutte contre la corruption. Son expertise, son expérience, restent très appréciées dans les instances internationales. Mais c'est bien une nouvelle vie, avec d'autres défis.

Depuis la fameuse réunion à l'OCDE, Helen a tourné la page, elle n'est plus impliquée dans le jeu dangereux des scandales d'État. Pour elle, le bras de fer s'est réellement achevé, avec sa démission. En juillet 2008, elle quitte son poste de numéro deux du Serious Fraud Office (SFO), l'agence britannique qui lutte contre la grande délinquance financière. Elle y aura passé près de vingt ans. Elle, qui était là depuis la création du SFO. Vingt ans de combats difficiles, laborieux, qui se sont achevés par un gigantesque fiasco, lorsque la plus importante enquête jamais menée par le SFO a été brutalement arrêtée, le 14 décembre 2006.

« *Des vies britanniques seront menacées, si vous poursuivez vos investigations* », avait-on dit, mot pour mot, à Helen et son chef. « *Et qui étions-nous, pour savoir si c'était vrai ou non ? Décider que ça valait le coup de mettre en danger ces vies-là ?* » soupire Helen, soudain bien sombre. Ce jour-là, elle rend les armes face à British Aerospace (BAE). Après deux ans de batailles acharnées, BAE, le géant de l'armement britannique, sauve ses secrets, désormais protégés « *au nom de la sécurité nationale* ». Le SFO lui-même a été contraint d'endosser la décision d'arrêter son enquête, soudain torpillée.

À ce moment-là, Helen est déjà épuisée par plusieurs mois de lutte, de tensions face à des intérêts si puissants qu'ils vous écrasent. « *Sur le coup, on était surtout découragés. On venait de vivre des semaines éprouvantes, avec des pressions croissantes qui venaient de tous côtés. On était saturés* », confie-t-elle.

Mais de l'autre côté de la Manche, Mark Pieth lui, est surtout en colère. Stupéfait d'apprendre soudain la clôture d'un dossier aussi emblématique. Comment le gouvernement britannique pouvait-il arrêter une telle enquête ? Qui concernait l'une des plus grandes entreprises du pays, accusée de gérer des fonds secrets, lesquels permettaient notamment d'offrir Rolls-Royce, yachts et prostituées à des princes saoudiens ?

Ce n'était pas la première fois que Mark avait des difficultés avec les Britanniques, régulièrement incités à faire plus d'efforts dans la lutte contre la corruption. Mais en interrompant l'enquête qui visait British Aerospace, Londres venait d'infliger un véritable camouflet au Comité que préside Mark Pieth. Bloquer une enquête est le meilleur moyen d'encourager la corruption, d'envoyer un signal négatif à tous les pays qui tentent de s'adapter aux nouvelles règles en renonçant aux pratiques occultes du passé.

Or le Comité présidé par Mark Pieth est le gardien des Tables de la Loi : cette Convention anticorruption que trente-sept pays avaient signée depuis 1997. La décision du gouvernement britannique bafouait ouvertement ce pacte commun. Quand un membre aussi important du groupe transgresse les règles, c'est tout le système mis en place qui est menacé, Mark le savait bien. Il fallait donc réagir. Tout de suite.

Avant même les fêtes de Noël 2006, Mark a donc écrit une lettre assez peu diplomatique au gouvernement de Tony Blair. Puis il a convoqué dès le début 2007 cette réunion du Comité anticorruption de l'OCDE, où Helen s'était rendue avec la délégation britannique, pour tenter de justifier cette décision jugée choquante.

« *On leur a dit très directement qu'ils étaient en train de nous mener en bateau. Et qu'il y aurait des conséquences très sérieuses* », se souvient aujourd'hui Mark Pieth, dans son bureau de l'Université de droit à Bâle. Germanophone d'origine, il parle le français avec l'accent un peu traînant des Suisses, saupoudré ici et là d'un mot d'anglais, le regard souvent perdu vers l'immense baie vitrée qui domine la gare et les quartiers populaires.

C'est là, dans cette petite ville suisse, qu'il continue à vivre et à enseigner. Mais c'est à Paris que le professeur Pieth évalue les bons et les mauvais élèves du combat contre la corruption internationale.

Plusieurs fois par an, il se rend au siège de l'OCDE pour présider aux séances du Comité anticorruption. «*On pose des questions très pointues. Et parfois il y a de vraies bagarres, on s'accuse alors ouvertement de ne pas dire la vérité ! Mais à la fin, on fait des recommandations et le pays visé doit rendre des comptes. Ce n'est pas un tribunal, mais on a les moyens de gêner*», rappelle-t-il, en esquissant un sourire furtif. C'est un homme très réservé, pas du tout intimidant. On a du mal à imaginer qu'il puisse «*gêner*» une puissance comme le Royaume-Uni, la contraindre à faire amende honorable en promettant d'améliorer son score. Mais ce quinquagénaire discret, qui a passé une partie de sa carrière à tisser des lois qui découragent la corruption, connaît bien le jeu subtil des rapports de force.

En fréquentant les grandes organisations internationales, il a vite mesuré le poids déterminant de la pression collective. «*Autour de moi, il y a un groupe de sept pays, élu tous les deux ans. Il joue un rôle très fort. Dans le cas britannique, ce sont eux qui m'ont poussé à aller plus loin. Ils étaient vraiment très fâchés*», souligne-t-il.

Sur son CV, le nombre de commissions d'enquêtes ou de réformes juridiques auxquelles il a participé donne le vertige. La loi sur le blanchiment d'argent sale en Suisse ? C'est lui. La Commission d'enquête sur les détournements lors de l'opération Pétrole contre Nourriture en Irak ? Il en faisait partie. Tant d'années passées dans les antichambres du pouvoir, à négocier dans les coulisses de la diplomatie, aident aussi à mieux comprendre les points faibles du système. Et notamment cette faille qui fait fléchir même les grands pays, dans un monde devenu interdépendant : la réputation. « *Aucun État ne peut plus se permettre aujourd'hui de laisser dire qu'il est corrompu. Il met en péril la réputation de son secteur industriel face au reste du monde* », explique Mark Pieth.

Le Comité qu'il préside depuis dix ans ne s'occupe pas des affaires de corruption interne. Il s'intéresse uniquement à ce qui se passe au niveau international et stigmatise les mauvaises pratiques commerciales : pots-de-vin, commissions ou dessous-de-table versés pour séduire un client ou s'emparer d'un marché. Et ce n'est pas le corrompu qui est ciblé mais le corrupteur, celui qui prodigue la tentation. La voilà l'idée géniale : placer la lutte sur le terrain de l'offre et mettre un terme à une certaine hypocrisie. En coupant l'herbe sous le pied des pays qui toléraient, en détournant les yeux, les petits arrangements occultes de leurs entreprises pour acquérir des marchés.

« *En général, les grandes compagnies sont les premières à freiner les velléités de réformes anticorruption de leurs gouvernements. Mais désormais, elles savent que leur image va souffrir si on accuse leur pays de corruption. C'est un fait, pas une opinion* », explique Mark. Quand un rapport du Comité blâme le Royaume-Uni et en déduit dans la foulée que « *les entreprises sont peu contrôlées* », il frappe au cœur du système économique. « *Ce qu'on suggère alors, c'est que pour nous, ce qui se passe au Royaume-Uni c'est du même niveau que l'Azerbaïdjan. Faire du business avec ces entreprises comporte donc des risques et des coûts.* »

Au fond, c'est une nouvelle guerre froide qui se dessine ainsi sur le front de la lutte contre la corruption. Avec de nouvelles armes de dissuasion. Mark Pieth appelle ça « *le système de pressions mutuelles entre pairs* ». Tout le monde se tient, tout le monde s'observe et se juge. Tous les pays qui ont signé la Convention se sont engagés à adopter des lois contre la corruption et à les appliquer. Chaque membre est chargé, un jour ou l'autre, d'enquêter sur les bonnes pratiques d'un autre. Et celui qui viole les règles du jeu trahit tous ses partenaires.

Bien sûr, il y a des blocages, des réticences. Certains avouent même très ouvertement qu'il est impossible de «*ne pas corrompre un peu*», qu'on n'obtient rien sans certaines «*facilités de paiement*». «*C'était vrai à l'époque, mais aujourd'hui la donne a changé, il faut s'adapter*», leur répond Mark Pieth, imperturbable. Mais c'est parfois un jeu de dupes qui met en cause des intérêts très puissants. Et les capacités de résistance des Britanniques ne sont pas celles de l'Azerbaïdjan.

«*Avec le Royaume-Uni, ce fut très dur, car c'est un grand pays qui évidemment accepte mal nos ingérences. Mais nous devions nous montrer ferme, notre crédibilité était en jeu. Si on n'avait rien fait, on aurait rigolé de nous*», souligne-t-il avec son accent chantant.

Le bras de fer entre Londres et le Comité anticorruption remonte en réalité à 2001. «*Je n'aime pas parler de guerre commerciale, mais il faut faire quelque chose. Les entreprises britanniques ne peuvent pas continuer à verser des pots-de-vin en toute impunité* », avertit alors Mark Pieth. Le Royaume-Uni avait signé la Convention en traînant des pieds et ne semblait guère pressé de légiférer ou de punir les entreprises indélicates. « *La seule loi contre la corruption a longtemps été celle adoptée... en 1906 ! Une autre a finalement été votée en 2001, mais elle est nulle, inutilisable* », assène Mark Pieth sans détour. Dès 2003, les Britanniques sont dans le collimateur du Comité anticorruption. Pendant deux ans, Londres va donc subir une série de « check-up » qui diagnostiquent des défaillances graves. Le système de contrôle mis en place par le Comité est conçu pour faire monter la pression : d'abord, on examine la législation, pour voir si elle est conforme aux engagements pris. C'est la phase 1. Puis on vérifie l'application des lois, les réalités concrètes, c'est la phase 2. Et si la situation semble bloquée, sans aucun signe de progrès à l'horizon, on passe alors à la phase 2 bis qui contraint le pays concerné à subir un examen constant et rapproché de ses partenaires de l'OCDE. « *En réalité, pour un grand pays, ce sont des procédures qui peuvent paraître humiliantes.*

On le traite comme un pays du tiers-monde. On envoie sur place des équipes qui expliquent comment rédiger une loi, comme on le fait en Afrique. On impose des rencontres avec les ministres pour évaluer les progrès et les retards. On exige des rapports, qui ressemblent à des devoirs à rendre», reconnaît Mark Pieth, presque à contrecœur. Comme s'il regrettait parfois de ne pas être resté un simple universitaire, le père comblé de deux grandes filles de vingt-huit et trente ans, loin de toutes ces confrontations, ces rapports de force, ces coups de poing sur la table. «*J'aimerais surtout qu'on ne me prenne pas pour un intégriste. Je préférerais toujours m'asseoir avec des trafiquants d'armes pour tenter de les convaincre, avant de chercher à les sanctionner*», souligne-t-il. Mais avec Londres, les négociations pour améliorer la législation et limiter les risques de pots-de-vin tournent au dialogue de sourds.

Pendant longtemps, pour sauver la réputation britannique, il y a bien eu le SFO. Non pas que l'agence, créée pour combattre la corruption des plus puissants, ait produit beaucoup de résultats. Trop dépendante du gouvernement, privée de véritables moyens financiers et humains : ses faiblesses avaient été plusieurs fois soulignées par le Comité. Mais depuis 2004, le SFO s'était enfin investi dans une enquête retentissante. La première depuis bien longtemps.

« *On savait que notre pays avait déjà mauvaise réputation sur le front de la corruption. Notre action contre une énorme entreprise a pu donner, pendant un temps, des arguments à tous ceux qui voulaient montrer que les choses évoluaient quand même à Londres. On a pu se sentir soutenu, on offrait des gages de bonne conduite* », réalise aujourd'hui Helen Garlick.

Quand l'enquête sur British Aerospace démarre en cette fin juillet 2004, Helen vient de changer de vie. Elle a divorcé, se retrouvant seule avec sa fille. Cette nouvelle indépendance lui impose aussi de s'investir bien plus dans sa carrière. Au sein du SFO, on a déjà eu le temps d'apprécier son sérieux et ses qualités. L'avocate qui n'avait « *jamais lu le* Financial Times » quand elle a été engagée, s'est prise au jeu, se passionnant pour des dossiers « *qui finalement n'ont rien d'aride* ». Désormais divorcée, elle veut plus de travail ? On la propulse alors numéro 2 de l'organisation. « *J'ai eu à peine le temps de m'habituer à mes nouvelles responsabilités que cette énorme histoire nous est tombée dessus. On s'y est engagés à fond*», se rappelle-t-elle.

Quand son enquête démarre, les soupçons sur les prodigalités de British Aerospace sont déjà bien connus. Quelques années auparavant, en 2001, le SFO avait reçu des documents dénonçant des mouvements de fonds douteux dans les finances du géant de l'armement. Mais le ministère de la Défense avait alors bloqué toute velléité d'enquête, affirmant qu'il n'y avait pas assez de preuves. Et les allégations de l'agence anticorruption avaient atterri… sur le bureau du président de British Aerospace, pourtant directement mis en cause par ces premières fuites.

Il faudra donc attendre le scoop du *Guardian* pour que l'affaire rebondisse : le 11 septembre 2003, le quotidien britannique révèle pour la première fois l'existence d'une immense caisse noire au sein de la multinationale. Elle aurait servi à arroser tous les intermédiaires du contrat Al Yamamah (la colombe) qui lie depuis le milieu des années 1980 le Royaume-Uni et l'Arabie Saoudite. Négocié par Margaret Thatcher puis sans cesse renouvelé par la suite, c'est en réalité le deal du siècle pour les Britanniques : un fabuleux pactole qui a permis d'engranger plus de 40 milliards de livres (60 milliards d'euros) en vingt ans, contre la livraison et l'entretien d'avions militaires Tornado pour les Saoudiens.

Mais pour s'assurer de la fidélité de son plus riche client, la multinationale a cédé à tous ses caprices. Dès 2003, les journalistes du *Guardian* étaient en mesure de dresser la liste des « *divertissements* » facturés par deux sociétés écran, pour un montant total estimé à 6 milliards de livres : billets d'avion en première classe, tables ouvertes dans les meilleurs restaurants de Londres, Mercedes fournies avec chauffeurs… Mais aussi des prostituées, régulièrement sollicitées pour le repos des pilotes saoudiens en transit, ou pour certains proches de la famille royale saoudienne. Leurs prestations seront parfois facturées comme « cours de langue ». Des Austin Martin et Rolls-Royce seront également offertes en cadeaux de bienvenue. Sans oublier l'achat de maisons, les lunes de miel à Honolulu et séjours de ski dans le Colorado : rien n'est trop beau pour les prestigieux clients de British Aerospace, principaux bénéficiaires d'une fabuleuse tirelire secrète qui, telle la lampe d'Aladin, exauce tous leurs désirs. David Leigh et Rob Evans, les deux journalistes chevronnés du *Guardian* qui ont levé le lièvre, vont poursuivre par la suite leurs révélations, apportant à chaque fois de nouveaux détails, aussi croustillants qu'effarants, sur l'un des plus gigantesques systèmes de corruption jamais organisé.

Au sein du SFO, le nouveau directeur Robert Wardle est bien décidé à profiter de cette pression médiatique pour imposer cette fois-ci l'enquête aux autorités. Il nomme une équipe de dix-huit personnes sous la responsabilité d'Helen. Aux fonctionnaires du SFO s'ajoutent des policiers et des juristes spécialisés.

«*Nous étions très déterminés à prouver notre indépendance par rapport au gouvernement, à aller jusqu'au bout sans nous laisser intimider*», rappelle Helen.

Son équipe s'intéresse d'abord à une petite agence de voyage, Travellers of the World : l'une des deux sociétés écran créées par British Aerospace pour gérer les frais de déplacement des Saoudiens. L'ampleur des notes de frais pour «*subvenir aux besoins des clients*» intrigue le SFO. Les factures manquent un peu de précision, mais Peter Gardiner, le patron de l'agence, ne tarde pas à se mettre à table et confirme les transferts, via la caisse noire, pour payer voitures de sport, champagne et prostituées.

En dépouillant les comptes de la Lloyds Bank, les enquêteurs du SFO vont faire une autre découverte étonnante : en dehors de cette caisse secrète, British Aerospace a opéré des virements bancaires secrets un peu partout dans le monde. Le scandale ne se limite donc peut-être pas à l'Arabie Saoudite…

Mais la curiosité du SFO agace vite les responsables de BAE. « *Vous imaginez les face-à-face avec les big-boss de British Aerospace ? Des grands patrons entourés d'une armada d'avocats aguerris et agressifs, face à nos petits juristes parfois inexpérimentés, qui tentaient de ne pas se laisser intimider et de poursuivre leurs interrogatoires ? Malgré la pression psychologique énorme ?* » souligne Helen. « *Ce fut très rude* », reconnaît-elle. Pendant deux ans et demi, elle va pourtant s'acharner à rassembler les pièces manquantes, malgré les réticences de plus en plus ouvertes de ses interlocuteurs. « *Mais l'obstruction, c'est difficile à prouver. On faisait des demandes pour avoir accès à des documents, qui étaient soudain introuvables. Nos propres moyens d'action dataient de l'époque où tout était papier. À l'ère informatique, combien d'ordinateurs portables pouvez-vous saisir ? On était souvent dépassés* », constate Helen. Elle n'a alors même pas de secrétaire, doit « *jongler en permanence avec mille pistes et mille urgences* ». Passe quinze heures par jour au bureau, « *jusqu'au point de ne plus pouvoir absorber une seule info supplémentaire* ». Puis rentre chez elle, encore obsédée par l'affaire, pas forcément très disponible pour ses proches, et souvent hantée par la perspective de nuits sans sommeil. « *Pour ne pas succomber au stress, il fallait avoir l'énergie, la foi et la santé d'un vrai combattant. Mais en réalité, ce n'était pas une bataille, c'était une guerre* », résume Helen.

Jusqu'où pourront-ils aller ? À plusieurs reprises, Helen et son supérieur, Robert Wardle, se posent la question. La réponse ne va pas tarder.

En novembre 2005, Helen et ses acolytes demandent, comme la loi l'autorise, d'avoir accès aux noms des agents et des intermédiaires de British Aerospace.

Mais la multinationale oppose cette fois-ci un refus ferme et définitif à leur requête, en s'abritant derrière le «*secret défense*». Dès lors, les pressions sur Lord Goldsmith pour qu'il interrompe l'enquête vont se faire plus pressantes. Lui, c'est l'Attorney général : le procureur général dans le système judiciaire britannique qui a la particularité d'être aussi membre du gouvernement. C'est lui qui nomme le directeur du SFO et toutes les enquêtes sont, en dernier ressort, placées sous sa responsabilité.

Pour le faire céder, BAE ne lésinera sur aucun moyen, engageant même un avocat qui fut son ami personnel pour tenter de le convaincre. Étonnamment, Lord Goldsmith va d'abord tenir bon. Conscient surtout de l'effet désastreux qu'aurait l'interruption de l'enquête sur l'image du Royaume-Uni. Il sait notamment que le Comité anticorruption de l'OCDE observe avec attention le travail du SFO, engagé dans un bras de fer audacieux, mais inégal, contre la troisième entreprise d'armement de la planète, qui pèse plus de 1 000 milliards de profits et emploie 90 000 personnes dans le monde.

Ont-ils jamais eu une chance ? Ils auront en tout

cas tenté de jouer leur carte jusqu'au bout. Le soutien de Lord Goldsmith leur permet d'avoir accès à certains dossiers de British Aerospace. Ils y découvrent le nom de certains agents et une nouvelle piste. Une révélation plutôt : en dehors de la caisse noire, 1 milliard de livres aurait été versé sur des comptes en Suisse. Les bénéficiaires ? Deux hommes qui ont pu jouer le rôle d'intermédiaires : le vendeur d'armes d'origine syrienne Wafic Said et un homme politique libanais, Mohamed Safadi. D'autres versements concernent également le prince Bandar Bin Sultan. Un personnage clé dans cette affaire. Fils illégitime du prince héritier saoudien, longtemps ambassadeur à Washington où il a été très proche du clan Bush, « *le Gatsby arabe* », comme on l'a un temps surnommé, est devenu le principal responsable de la sécurité nationale à Ryad. Un interlocuteur incontournable pour vendre des armes à l'Arabie Saoudite. Et qui sera très largement remercié.

En juin 2007, *The Guardian* révélera que ce jet-setter affable aurait reçu plus de 1 milliard de livres. Avec l'aval du ministère de la Défense britannique. Au sein du SFO, on le savait déjà. Mais les enquêteurs n'auront pas eu le temps de creuser cette piste explosive : ils ont été définitivement réduits au silence, le 14 décembre 2006.

En réalité, leur destin est scellé, dès le moment où ils s'attaquent au tabou du secret bancaire : au début de l'été 2006, Helen et son équipe demandent à la Suisse l'accès aux comptes des intermédiaires de British Aerospace. Il s'agit notamment de savoir si des versements n'ont pas été rétrocédés à la famille royale en Arabie Saoudite. Or, contre toute attente, la Suisse accepte de lever le secret bancaire. Mais avertit aussi les clients concernés de la démarche du SFO.

À Ryad, on n'apprécie guère cette intrusion. Les Saoudiens menacent de renoncer à l'achat de soixante-douze avions chasseurs Eurofighters si les enquêteurs accèdent aux comptes bancaires suisses. Le nouveau contrat en cours de négociation entre British Aerospace et l'Arabie Saoudite porte sur 10 milliards de livres. Orchestrant une habile campagne médiatique, British Aerospace fait alors savoir que plus de 100 000 emplois seront sacrifiés si le contrat est annulé. Les chiffres semblent largement exagérés, mais peu importe. Un certain nombre de journaux relaient ces «*menaces*» que le SFO fait peser sur l'emploi. Et dans la foulée, députés et syndicalistes des régions où BAE a des usines montent au créneau pour demander au gouvernement d'intervenir. On verra ainsi, à la Chambre des communes, des députés dénoncer l'impact négatif de l'enquête, sous le regard conciliant de Jack Straw, alors patron du Foreign Office, le ministère des Affaires étrangères. Voilà bien longtemps que Tony Blair et son gouvernement ont cessé d'encourager Helen et son équipe.

Mais le SFO s'accroche à l'idée qu'interrompre l'enquête pour des motifs commerciaux est impossible. Totalement proscrit par l'article 5 de la Convention anticorruption de l'OCDE, qui stipule clairement qu'aucune enquête sur un cas de corruption ne pourra être interrompue sous le prétexte de protéger des intérêts commerciaux ou les relations bilatérales avec un autre pays. On ne peut donc avancer cet argument sans créer un véritable casus belli avec le Comité de Mark Pieth. Aucun partenaire économique du Royaume-Uni, à commencer par Washington, n'accepterait une violation aussi ouverte des règles communes !

Mais début décembre, un autre argument émerge :

les Saoudiens sont tellement furieux qu'ils auraient également menacé de cesser toute coopération antiterroriste si l'enquête se poursuivait. En clair, ils ne fourniront plus d'informations aux services secrets britanniques, faisant planer le risque d'un nouveau « *7/7* », raccourci de référence outre-Manche pour évoquer les attentats qui ont ensanglanté Londres le 7 juillet 2005.

Helen Garlick et Robert Wardle vont alors devoir faire face à une pression immense. À trois reprises en ce mois de décembre 2006, ils sont invités à rencontrer Sir Sherard Cowper-Coles, l'ambassadeur britannique en poste à Ryad. Ce dernier sera catégorique : si l'enquête continue, « *des vies britanniques seront menacées dans les rues britanniques* », affirme-t-il. Lors de ces entretiens, Helen tente bien de comprendre pourquoi on n'explique pas tout simplement aux Saoudiens qu'au Royaume-Uni, le pouvoir politique ne peut interférer avec la justice. Et qu'il est donc irrationnel de vouloir punir le gouvernement à cause des activités du SFO. « *Les Saoudiens ont une vision très différente de la justice criminelle. Et ils auront du mal à croire qu'un Premier Ministre ne peut intervenir dans un cas comme celui-ci* », lui répondra en substance le diplomate.

En dernier ressort, Tony Blair lui-même interviendra personnellement pour faire pression sur Lord Goldsmith et le SFO. Le 14 décembre 2006, à la Chambre des lords, l'Attorney général finit par annoncer l'arrêt total des investigations, « *au nom de la sécurité nationale* ». Jugeant tout de même bon de préciser qu'« *en aucun cas les intérêts commerciaux n'ont pesé dans cette décision* ». Pourtant le MI6, la centrale des services secrets britanniques, va refuser jusqu'au bout de soutenir la thèse des risques terroristes. « *À partir de ce jour, le Royaume-Uni est devenu, aux yeux du monde, une nation d'hypocrites* », s'indignera *The Guardian*.

Mais la vraie question sera posée deux ans plus tard, devant la Cour suprême de Londres : est-ce que céder à une menace ne fait pas en réalité courir le risque qu'elle se répète ? « *Ce n'est pas l'enquête mais son interruption qui pouvait mettre en danger la sécurité nationale* », conclurent ce jour-là les juges Alan Moses et Jeremy Sullivan. Ce 14 février 2008, ils étaient chargés d'examiner la plainte déposée par deux

ONG britanniques opposées à l'arrêt de l'enquête du SFO. Leur démarche était à la hauteur de leur déception : c'est un militant de Campaign Against Trade Arms, Nicolas Gilby, qui avait découvert par hasard dans les archives nationales les premiers éléments sur l'existence d'une caisse noire au sein de British Aerospace. Il avait alors transmis les documents aux journalistes du *Guardian* qui avaient révélé l'incroyable scandale.

Les juges de la Cour suprême n'avaient pas à se prononcer sur le fond de l'affaire. Mais ils refusèrent de conforter les justifications officielles. Non seulement ils les jugèrent illégales mais, le 24 avril 2008, ils annulent purement et simplement la décision d'arrêter l'enquête ! Ultime rebondissement qui hélas ! n'aura qu'un temps. En appel, la Chambre des lords renversera la sentence et déclarera le dossier définitivement clos le 30 juillet 2008.

En ce même mois d'été, Helen prépare ses cartons. Elle vient de démissionner du SFO. Robert Wardle, lui, est déjà parti quelques mois auparavant. Fin de partie pour les enquêteurs britanniques. Une bataille s'achève, mais la guerre va rebondir ailleurs.

« *Les Britanniques ont tout d'abord trouvé notre dernier rapport... comment dire ?* » Mark Pieth cherche soudain ses mots. Puis finit par trouver l'expression exacte, mais en anglais, avec l'intonation adéquate : « *Outrageous... !* » Scandaleux, infamant. Nous sommes alors déjà en octobre 2008. Un an et demi s'est écoulé depuis l'arrêt de l'enquête du SFO. Dix-huit mois de guerre larvée qui ont mis le président du Comité anticorruption de l'OCDE sous pression, certainement la plus forte pression à laquelle il a dû faire face depuis près de vingt ans. Pendant cette période, tout le monde avait les yeux rivés sur lui : oserait-il ou non défier la puissance britannique ? Abdiquer c'était signer la fin du Comité et de la Convention anticorruption. Oui, mais lutter c'était se heurter à l'un des pays les plus importants du monde contemporain. Qui pouvait garantir qu'on en sortait indemne ?

À l'arrivée pourtant, il y a ce rapport de l'automne 2008, sous forme de sentence définitive : « *Nous, on a dit très clairement aux Britanniques : vous êtes nuls, vous ne faites rien, vous n'êtes pas crédibles. Il y a des détails très explicites dans ce rapport* », rappelle Mark Pieth. Mais avant la publication de ce document qui condamnait le Royaume-Uni sans détour, le bras de fer psychologique fut rude. «*Jusqu'au bout, les représentants de Londres ont pensé qu'on n'oserait jamais écrire ça. Ils ne comprenaient pas pourquoi nous étions si insistants dans les réunions préliminaires. Mais on a lutté jusqu'au bout, puis on a sorti le rapport. Et là, une fois le premier choc passé, ils ont fini par dire : OK, on accepte votre jugement. C'est même nous qui vous invitons à venir à Londres, chez nous. C'est finalement une expérience très intéressante*», souligne, très placide, le président du Comité anticorruption.

Sa tête pourtant a bien failli sauter. C'était un an auparavant, au printemps 2007. Londres accepte mal que l'OCDE prenne soudain la relève du SFO en plaçant le cas British Aerospace au centre des discussions.

Mark Pieth devient vite l'homme à abattre. Dans les corridors de l'OCDE, le lobbying bat son plein. Les Britanniques tentent une révolution de palais, militent pour le départ de cet homme décidément trop dérangeant. «*Aucun pays ne peut influencer un rapport. On discute tous ensemble, très ouvertement, mais au moment de décider, de voter, le pays concerné n'a plus voix au chapitre, il doit accepter le jugement de ses pairs. En revanche, le président du Comité, lui, peut voir sa légitimité contestée et chaque année son mandat est soumis à l'approbation des pays membres*», précise Mark Pieth. Depuis vingt ans, il a constamment été réélu. Toujours à l'unanimité. Une légitimité formidable certes, mais aussi fragile. A priori dépendante des sautes d'humeur des pays épinglés par l'OCDE, qui peuvent être tentés de considérer que tous leurs problèmes ne viennent que d'un seul homme.

Heureusement pour Mark Pieth, cette fois-ci encore, il y eut le *Guardian*. Les mêmes journalistes qui avaient boosté les velléités de combat et d'indépendance du SFO vont sauver la tête du président du Comité anticorruption de l'OCDE. Le 24 avril 2007, l'affaire British Aerospace fait une fois de plus la une du quotidien britannique. Mais indirectement cette fois-ci : «*Le Royaume-Uni tente de saborder l'enquête sur la corruption de BAE*», souligne le titre. Et les journalistes de détailler comment les représentants britanniques au sein de l'OCDE ont d'abord tenté d'empêcher Mark Pieth de participer à une conférence de presse en mars 2007. Puis comment ils se sont démenés en coulisses pour persuader leurs partenaires de débarquer le président du Comité. «*Les représentants du Royaume-Uni se sont comportés d'une manière qui n'aurait guère surpris les amateurs de match de boxe*», notaient les journalistes du *Guardian*, qui rappelaient également que «*Londres n'a finalement réussi à obtenir aucun soutien*» dans cette bataille d'antichambre. Échec et mat. Mais cette fois-ci c'est Londres qui doit rendre les armes. «*Mark, cette une du* Guardian*, c'est la meilleure chose qui pouvait vous arriver*», lui fera remarquer Angel Gurria, le directeur général de l'OCDE, objet lui aussi des attaques des Britanniques pour avoir soutenu son subordonné. L'institution a tenu bon. Une arène internationale, par nature propice aux collusions d'intérêts et aux jeux d'alliances, venait de résister à un pays parmi les plus puissants du monde.

«*C'est un processus lent, difficile, qui permet, parfois, de faire des progrès dans la lutte contre la corruption. Mais il ne faut pas croire. On ne gagne pas à tous les coups. Et même avec le Royaume-Uni, ce n'est pas fini, on est toujours en négociations*», tempère Mark Pieth. «*Notre plus belle victoire, en réalité, concerne l'Allemagne. Le fait qu'il y ait eu dans ce pays une vraie enquête contre une grande entreprise comme Siemens où tous les grands responsables ont sauté, c'est en grande partie parce que l'Allemagne a évolué grâce à nos recommandations»*, souligne-t-il, conscient en revanche de son impuissance face aux géants du pétrole américain : «*Exxon, Chevron, ne sont pas prêts à discuter, ils se foutent complètement de nous.*» Dans son bureau de l'université de Bâle, Mark Pieth feuillette un énorme document, gros comme un dictionnaire, qui recense la liste de toutes les entreprises actuellement dans la ligne de mire du Comité : «*Thales... encore Thales, Siemens, Alcatel...*», énumère-t-il. La liste des batailles à venir est énorme, mais en refusant de tourner la page de l'affaire British Aerospace, le Comité anticorruption de l'OCDE est devenu un peu plus incontournable. Même la Chine et la Russie songeraient à le rejoindre, acceptant dès lors implicitement les examens qui sont liés à l'adhésion au groupe.

Alors, résister ou céder ? À Londres, le Serious Fraud Office n'a pas fini de se poser la question. «*La décision d'arrêter l'enquête a-t-elle porté atteinte à la réputation du SFO ?*» s'interrogeait ouvertement son ancien directeur Robert Wardle, invité devant la

Chambre des communes en juin 2007. «*Sans aucun doute. Mais c'était un cas exceptionnel, dans des circonstances exceptionnelles*», rappellera-t-il.

«*Avons-nous été trop naïfs ? Devions-nous continuer à résister aux pressions ?*» s'interroge de son côté Helen Garlick, avant d'ajouter : «*Ce n'est pas l'état d'esprit du service public britannique. Si on nous dit que l'intérêt supérieur de la nation est en danger, nous acceptons cet impératif sans discuter.*» Son seul regret, sa vraie douleur, c'est en réalité l'argument avancé par l'Attorney général, Lord Goldsmith, selon lequel l'enquête n'aurait de toute façon jamais abouti. «*C'est injuste et même totalement injustifié !*» proteste-t-elle avec véhémence. «*Nous avons dû faire face à d'énormes difficultés, nous n'avions peut-être pas mesuré l'ampleur de l'hostilité soulevée. On nous a accusés de dépenser en vain l'argent public, de menacer des emplois à cause de nos investigations. Mais nous avons mené notre enquête de manière tout à fait respectable. On formait un groupe efficace, très soudé*», rappelle-t-elle. Et soudain Helen sourit : «*C'est ce qui reste de plus positif : cette solidarité entre nous, cette amitié. La force d'une petite équipe qui se bat ensemble malgré les pressions, la tension. Nous étions comme les cinq doigts de la main. Aujourd'hui encore, on continue à se voir. On dîne parfois ensemble. Ce lien entre nous, c'est quelque chose que les événements n'ont pas détruit.* »

Sans Helen Garlick, sans Robert Wardle, le SFO est toujours là. Affaibli mais déjà contraint de faire face à de nouveaux défis : car si le dossier saoudien est désormais clos pour la justice britannique, les autres enquêtes continuent : elles concernent les liens de British Aerospace avec d'autres pays. Le travail d'Helen et de son équipe a donc permis de rebondir sur de nouvelles affaires. Comme un jeu de dominos, elles ont elles-mêmes enclenché d'autres procédures, d'autres investigations, dans près d'une dizaine de pays à travers le monde. Parmi lesquels la République tchèque, l'Afrique du Sud, la Tanzanie, le Chili… et même la Suisse ! Quant au dossier saoudien, il fait l'objet d'une enquête de la justice américaine depuis juin 2007. Laquelle pourrait un jour embarrasser sérieusement British Aerospace, devenu l'un des principaux fournisseurs du Pentagone.

L'épilogue de l'affaire reste encore à écrire. Il

se fera sans Helen Garlick, qui poursuit sa mission sur un autre terrain, le tiers-monde, où la corruption fait aussi des ravages et se nourrit là encore de la puissance des multinationales et de la cupidité des élites.

Mark Pieth lui, reste sur le même champ de bataille. Début 2008, il a reçu le Prix de l'Intégrité décerné par l'ONG Transparency International qui récompense «*son remarquable leadership dans la lutte contre la corruption au niveau international*». Mais les hommages et la reconnaissance ne suffisent pas pour gagner la guerre. Il y aura peut-être de nouveaux bras de fer périlleux avec les Britanniques ou les Italiens, entre deux passes d'armes avec le Chili ou le Japon. Pourtant, depuis le rapport d'octobre 2008 qui a mis Londres au pied du mur, la donne a changé. «*A priori, ce qui s'est passé avec les Britanniques, ce n'est pas normal. Ce n'est pas le rôle d'une institution internationale*», constate-t-il, avec cette modestie prudente qui, en réalité, fait aussi sa force.

Résister ou céder ? Au fond on ne choisit pas toujours. Cette fois-ci, les événements ont bousculé la courtoisie diplomatique. Une étape a été franchie,

Mark Pieth en est bien conscient : « *Maintenant, nous sommes face à nos propres défis. C'est un antécédent qui fera jurisprudence. Nous aussi, on devra en tirer les conséquences : il faut désormais rester sur ce nouveau standard.* » Chaque bataille, chaque victoire, engendrent ainsi de nouveaux défis. Après vingt ans consacrés au Comité, n'est-il pas fatigué de ces tensions constantes, de ce combat sans fin ? Envisage-t-il un jour de décrocher ? « *Oh oui, bien sûr...* », murmure-t-il en éclatant de rire, affirmant qu'il a encore le temps de se balader dans la montagne et de faire du kayak. Dans l'immédiat, il est soudain pressé : il doit préparer son rendez-vous à la Banque mondiale à Washington. Pour étudier de nouvelles mesures de rétorsion contre les entreprises qui persistent à pratiquer la corruption. La lutte continue.

Maria, Assan, Ognyan, Christo… : les derniers résistants de Sofia

*« Bien des pays ont une mafia. En Bulgarie, la mafia a un pays », titrait en une l'*International Herald Tribune *du 17 octobre 2008. Au péril de leurs vies, des journalistes bulgares tentent de dénoncer la criminalisation de l'État.*

Maria Nicolaeva ne se doutait de rien quand elle a suivi les deux types dans le couloir. Deux inconnus s'étaient présentés à son bureau ce matin-là. Deux types souriants, décontractés. Ils voulaient juste lui parler, « *mais en toute discrétion* », ont-ils prétendu. Pourquoi se serait-elle inquiétée ? Maria est journaliste et il y a toujours plein de gens qui veulent parler à la presse. La jeune femme leur a donc proposé d'aller dans le couloir pour discuter à l'écart de ses collègues. Mais là, le ton de la conversation a soudain changé. « *Tu sais ce qui arrive aux filles comme toi ? Tu veux finir aspergée d'acide, toi aussi ?* » a murmuré l'un des deux hommes en lui attrapant brutalement le bras. Maria s'est mise à hurler et ses agresseurs se sont aussitôt enfuis. « *On a quand même réussi à noter la plaque d'immatriculation de leur voiture. On a prévenu la police, mais l'enquête n'a jamais abouti. Ce qui ne surprend personne. C'est toujours comme ça en Bulgarie* », ajoute Maria en haussant les épaules. C'est une jolie rousse voluptueuse de trente-cinq ans. Avec un regard pétillant et des taches de rousseur qui lui donnent un air de petite fille. Elle sourit facilement, sirotant son café entre deux cigarettes, dans cette pièce aux murs nus qui sert de bureau à son rédacteur en chef.

Maria travaille désormais à *L'Express*, un quotidien tabloïd de Sofia. Après les menaces, l'hebdomadaire qui l'employait à l'époque n'a rien trouvé de plus pressé que de la licencier. C'était pourtant à cause de son travail que Maria a été agressée. À cause de cette enquête, qui venait justement d'être publiée dans les colonnes de son journal. Maria avait découvert un énorme scandale de constructions illégales au sein d'un parc naturel, théoriquement préservé. Dans son article, elle mettait en cause des notables locaux, tous membres de la coalition au pouvoir à Sofia.

C'était bien là le problème : ces noms écrits noir sur blanc, qui révélaient sans détour comment des responsables politiques s'étaient compromis dans des malversations. L'un des deux hommes qui l'avaient menacée avait été très clair : « *Il y a des noms, proches de certains partis, dont il ne faut pas parler. Tu devrais le savoir...* », lui avait-il dit. Et puis il avait parlé d'acide, et là aussi c'était une allusion limpide. Une autre journaliste avait déjà été attaquée à l'acide, défigurée. Parce qu'elle s'était montrée trop curieuse et qu'elle gênait des intérêts haut placés.

Pendant plus d'un mois après l'incident, Maria a vécu dans la peur. « *Une terreur diffuse qui me saisissait quand je devais rentrer seule le soir. Je ne voulais plus que mes enfants jouent dans la rue* », se rappelle-t-elle.

C'était en 2007 et depuis elle a donc retrouvé un employeur. Visiblement sans beaucoup de moyens. La rédaction de *L'Express* ressemble à un journal du tiers-monde. Éparpillés à travers une succession de pièces dépouillées, les journalistes ont posé leurs ordinateurs portables sur de petites tables en bois usé qui rappellent les pupitres d'écoliers. Des tas de journaux ficelés encombrent des couloirs sombres et tristes. Mais Maria est contente. Ici, au moins, elle peut à nouveau enquêter, raconter d'autres histoires de détournements, de complicités coupables entre notables et trafiquants, *« essayer de faire mon boulot »*, dit-elle.

En Bulgarie, il n'y a pratiquement plus qu'eux, les journalistes, pour faire ce *« boulot »*-là : dénoncer la corruption galopante qui plombe l'économie et cannibalise les ressources du pays le plus pauvre de l'Union européenne. Même l'aide de Bruxelles y est vampirisée par des entreprises qui servent de paravent à des chefs mafieux. Souvent intouchables car très proches du pouvoir. La justice se tait, la police est parfois complice. Peu de gens osent mettre publiquement en cause les responsables de ce pillage. Restent quelques ONG et une petite poignée de journalistes courageux pour montrer ce qui se passe derrière le miroir des apparences trompeuses.

Maria était encore une adolescente quand le mur de Berlin est tombé. Comme tous les Bulgares, elle se souvient des espoirs soulevés par ce vent de liberté nouvelle. Mais vingt ans après, alors que son pays a rejoint l'Union européenne, plus personne n'est dupe en Bulgarie. Ni l'argent ni le pouvoir n'ont réellement changé de mains. L'ouverture des frontières et l'entrée dans l'Europe ont en revanche suscité de nouvelles sources de profit, forgé de nouvelles alliances entre le pouvoir politique et des trafiquants, connus de tous.

Assis à côté de Maria dans ce petit bureau dégarni de *L'Express*, il y a aussi Emil le photographe. Petit diamant à l'oreille, baskets et gilet multipoches : à cinquante-cinq ans, Emil a l'air d'un gars coriace. Il a couvert bien des conflits : la Roumanie, l'Afghanistan, le Kosovo… «*Mais c'est dans mon propre pays que je me suis retrouvé pour la première fois jeté à terre et tabassé*», s'exclame-t-il. C'était devant le tribunal, à Sofia, en février 2008. Emil voulait prendre en photo l'arrivée d'un «big-boss» de la mafia, une célébrité bulgare, qui venait témoigner dans un procès. Mais les policiers présents n'ont guère apprécié qu'il immortalise une scène finalement insolite : le quartier bouclé comme pour un chef d'État par les forces de l'ordre qui collaboraient main dans la main avec les gardes du corps du chef mafieux. Il y a des photos qui en disent long sur la nature réelle du pouvoir. Les policiers se sont acharnés sur Emil comme pour effacer cette compromission coupable, ces liaisons dangereuses entre ceux qui sont censés protéger les citoyens et ceux qui les dépouillent.

Maria connaît bien le monde souterrain de ces nouveaux gangsters. Elle a déjà écrit sur « Taki », de son vrai nom Christoforos Amanatidis, trente-quatre ans : l'homme qui, dit-on, règne sur le marché de la cocaïne à Sofia. On le voit souvent en ville, parader dans les bars ou les boîtes de nuit avec son bataillon de gardes du corps. Mais rares sont ceux qui osent le désigner pour ce qu'il est : un trafiquant de drogue qui a fait de la capitale son territoire réservé sans jamais être inquiété par la police. Il y a quelques années, Maria a même été séquestrée par un autre baron de la drogue, surnommé « le Bec ». En Bulgarie, les chefs mafieux affectionnent les surnoms exotiques comme « le Crâne », « le Docteur », « le Pacha »... Une façon de suggérer leur appartenance à l'autre monde, ce théâtre d'ombres qui a ses propres règles. Associer un nom réel et un surnom connu est toujours dangereux. Dévoiler les activités illicites de ces nouveaux parrains vous attire souvent des ennuis. Anton Miltov alias « le Bec » n'avait ainsi guère apprécié l'article que Maria lui avait consacré. Il la convoque chez lui pour un droit de réponse, puis l'enferme aussitôt dans une pièce, la menaçant de mort pendant toute une nuit. Peu après, pourtant, en 2005, c'est « le Bec » qui a été assassiné. Un soir, alors qu'il se trouvait attablé à la terrasse du Jimmy Ice Cream Café, une pâtisserie populaire sur la rue Angel-Kanchev. Une voiture s'est approchée du trottoir, des hommes en ont surgi, tirant sur « le Bec » et ses compagnons d'infortune. Un règlement de comptes de plus. Ne disait-on pas que « le Bec » avait pris la succession de Konstantin Dimitrov, autre baron de la drogue, tué, lui aussi, à bout portant, en plein centre d'Amsterdam le 6 décembre 2003 ?

Après la chute du mur de Berlin, les assassinats en plein jour dans la capitale ont surtout concerné les règlements de comptes entre chefs mafieux rivaux et les hommes politiques qui les fréquentent. Les années 1990 à Sofia ont même été celles d'une véritable guerre des gangs. Mais désormais ils ne sont plus les seuls à tomber sous les balles de tueurs qui peuvent agir en plein jour, au cœur de la ville.

Maria connaissait bien Gueorgui Stoev. Ils étaient amis, jusqu'à la mort de celui qui avait osé briser le silence. À trente-cinq ans, il avait déjà publié près d'une dizaine de romans policiers qui ont connu un vrai succès populaire. Le 7 avril 2008, à Sofia, trois balles, dont une en pleine tête, mettent un terme à cette fulgurante carrière. *« Gueorgui a été tué par ses personnages »*, commentera son éditeur. Les héros des romans de Gueorgui Stoev étaient de vrais mafieux, d'authentiques politiciens corrompus. Tous cités sous leurs vrais noms, dans ses romans. Gueorgui Stoev savait de quoi il parlait : avant de devenir un auteur à succès, cet ancien lutteur avait lui-même été recruté comme garde du corps par SIC, une pseudo-compagnie d'assurance qui fut longtemps l'une des principales holdings du crime organisé en Bulgarie.

Dans l'un de ses livres, intitulé justement *SIC*, Stoev s'adresse directement à l'un des parrains fondateurs de cette entreprise mafieuse : *« Je n'ai plus peur de toi »*, note ainsi l'écrivain en guise de dédicace, *« nous nous retrouverons un jour en tant qu'égaux. Et cette fois, c'est moi qui dicterai les règles du jeu »*. Mauvais calcul apparemment. En se proposant de témoigner contre son ancien patron, à condition qu'il soit mis hors d'état de nuire et arrêté, Stoev a peut-être resserré l'étau qui le condamnait. La justice n'a pas répondu et l'écrivain sera assassiné. Personne ne jugera nécessaire d'interpeller l'ancien patron de Stoev contre lequel il voulait témoigner. Son nom ? Mladen Mihalev, alias « Madzho ». Le même homme qu'Emil le photographe avait cherché à immortaliser à l'entrée du tribunal, avant d'être roué de coups.

« Les autorités ont affirmé que le meurtre de Gueorgui était une tentative pour déstabiliser le pays », déplore Maria. Mais, en réalité, rares sont ceux qui se sont réellement émus de ce meurtre. En Bulgarie, on vous explique facilement que ce mafieux repenti, qui écrivait des romans policiers truffés d'allusions à des faits réels, n'était en réalité qu'un auteur médiocre. On minimise la portée de son succès populaire en expliquant que son rôle n'était pas clair et qu'on ne savait jamais à quoi s'en tenir avec des récits qui mêlaient souvent fiction et vérité.

Ainsi vont la vie et la mort, en Bulgarie : *« Le degré de tolérance face au meurtre et à la corruption y est assez élevé »*, reconnaît Rosen Bossen. Avec son visage poupin et ses grands yeux bleus, ce très jeune journaliste de vingt-cinq ans a l'air d'un adolescent perdu dans une jungle d'adultes. Il est pourtant devenu l'une des stars de l'investigation depuis qu'une de ses enquêtes a contribué à faire tomber en avril 2008 l'homme fort du régime : le ministre de l'Intérieur, Roumen Petkov. «*C'est toujours très excitant quand on arrive à faire bouger les choses !*» murmure Rosen en se mordant la lèvre. Son enquête, publiée dans l'hebdomadaire *Kapital*, a mis en évidence les liens du ministre avec de puissants chefs mafieux, photos à l'appui. «*Ce journal, je vais le détruire*», aurait affirmé, dès la publication de ces révélations, le ministre incriminé.

À la rédaction de *Kapital*, ces menaces font surtout sourire. Contrairement à *L'Express*, le grand hebdomadaire du samedi dispose de vastes locaux modernes dans le centre historique de Sofia. C'est un journal de référence qui a réussi à préserver son indépendance. On s'y réjouit de voir que Bruxelles lit assidûment les enquêtes de l'hebdomadaire sur la corruption, lesquelles se retrouvent parfois citées dans les rapports de l'Union européenne. «*Nous, les journalistes, nous sommes les garde-fous de la démocratie, mais il ne faut pas oublier tous ces gens qui nous contactent, parfois de manière anonyme, pour dénoncer des abus. Sans eux nous ne pourrions pas enquêter* », rappelle Stanka Tosheva, la rédactrice en chef adjointe de *Kapital*. Cette quinquagénaire couve son équipe avec une attention quasi maternelle. Comme Rosen, la plupart des journalistes de *Kapital* sont très jeunes. Et ne connaissent pas officiellement la peur. « *On prend juste nos précautions* », souligne Rosen, en montrant ses trois téléphones portables qui lui permettent de brouiller les pistes. Mais quand un chef mafieux envoie une plante verte à la rédaction pour Noël, tout le monde se demande comment interpréter cet étrange présent inattendu, que personne n'ose jeter mais qu'on place immédiatement à l'écart, par crainte de micros, dissimulés dans les feuilles… « *Ces groupes mafieux, ce sont eux qui détiennent la réalité du pouvoir en Bulgarie. L'État est trop faible* », souligne Rosen qui, comme ses jeunes collègues, place de grands espoirs dans les pressions de l'Europe pour faire changer le régime.

C'est moins l'article de *Kapital* que l'importance que lui a soudain accordée Bruxelles qui a contraint l'homme fort du pouvoir à la démission. Car le scoop de l'hebdomadaire a été suivi de peu par deux meurtres au cœur de Sofia : celui de Gueorgui Stoev, mais aussi celui d'un homme d'affaires lié à une centrale nucléaire controversée. Deux morts de trop pour Bruxelles qui exigera aussitôt *« une action urgente contre le crime organisé »*. Pourtant, le départ du ministre de l'Intérieur soupçonné de collusion avec la mafia locale n'a pas suffi pour contraindre les tueurs à gages au chômage technique.

C'était le soir de la Fête de l'Indépendance. Ce 22 septembre 2008, peu après vingt-deux heures, Ognyan Stefanov quitte le restaurant Kiparisti, où il vient de dîner au centre de Sofia. Alors qu'il arrive à hauteur de sa voiture, quelqu'un l'appelle par son nom. Il a juste le temps de se retourner pour apercevoir sept ou huit hommes vêtus de noir et munis de marteaux et de barres de fer. Le premier coup l'atteint dans le dos. Puis un deuxième, violent, un troisième, un quatrième… Ognyan, la cinquantaine plutôt sportive, tombe à terre. Ses agresseurs lui brisent les jambes, les bras.

Laissé pour mort sur le trottoir, il est transporté à l'hôpital où il reste trois jours dans le coma, entre la vie et la mort. *« J'ai été opéré pendant huit heures. Les médecins m'ont dit que j'ai eu beaucoup de chance. C'est un miracle que j'en aie réchappé »*, rappelle-t-il, près de deux mois après l'agression, alors qu'il se trouve encore dans une clinique perdue dans la forêt, à la périphérie de Sofia.

À côté de son lit, Ognyan a posé un ordinateur et une petite icône de la Vierge. *« On n'est pas des héros. On a tous des familles, des vies qu'on aimerait plus tranquilles »*, murmure-t-il, le souffle court. Pendant des semaines, les médecins ont redouté qu'il faille aussi l'amputer d'une jambe. Il n'en sera rien, mais Ognyan sait déjà qu'il mettra des mois avant de pouvoir marcher à nouveau.

Dans cette clinique isolée et silencieuse, aucune présence policière pour protéger ce journaliste agressé. *« Pour quoi faire ? »* tousse Ognyan, le regard sombre, *« ils ont déjà eu ce qu'ils voulaient : le message est passé. Désormais, nombreux sont ceux qui y réfléchiront à deux fois avant de dénoncer des affaires de corruption. »*

Ancien officier reconverti dans le journalisme depuis plus de dix ans, Ognyan Stefanov a fondé en

2007 un site Internet, Frognews, qui s'est spécialisé dans les révélations sur les affaires les plus sulfureuses. De simples rumeurs en vraies infos, les hommes du pouvoir s'y retrouvent souvent exposés. Leurs liens avec des chefs mafieux, régulièrement dénoncés. La corruption est l'un des sujets de prédilection de Frognews. Mais c'est parce qu'il était soupçonné d'être derrière un autre site, anonyme et clandestin celui-là, que Stefanov a peut-être été agressé. Un site apparu en 2008, et qui employait un ton encore plus direct, dévoilait des informations bien plus compromettantes encore. Le nom du site? Opasnite, *« les nouvelles dangereuses »*. Un concept qui, en Bulgarie, englobe facilement tout ce qui touche à la criminalisation de l'État.

La rédaction de Frognews a toujours farouchement nié être derrière ce site clandestin. Mais quel crédit accorder à ces dénégations, quand le rédacteur en chef de Frognews, Alexandre Ivanov, craint lui aussi pour sa sécurité depuis l'agression de son patron?

Au fond, peu importe. *« L'agression d'Ognyan Stefanov a créé une sorte de psychose. Les journalistes bulgares savent qu'ils font un métier dangereux, mais ce genre d'incident les rend évidemment plus vulnérables encore »*, souligne Maria Nicolaeva. La jeune journaliste se souvient qu'après avoir été elle-même menacée d'être aspergée d'acide, elle avait inconsciemment *« cédé à l'autocensure »* : *« J'ai commencé à écrire sur un ton plus gentil, en évitant certains sujets. Il m'a fallu un ou deux mois pour me ressaisir »*, explique-t-elle.

Le flou qui entoure les motifs réels de l'agression d'Ognyan Stefanov rajoute à la pression. Quelle a été, en réalité, l'info de trop ? Quel sujet précis, dévoilé sur Frognews ou Opasnite, a pu déclencher soudain un tel excès de violence ? «*Stefanov tirait dans tous les sens. Du coup, on ne sait pas d'où est précisément venue l'attaque. Il a ainsi mis en cause des gens sur lesquels moi aussi j'ai enquêté et depuis ma mère s'inquiète et m'appelle en permanence !*» raconte le jeune Rosen.

Pendant que les journalistes spéculent, l'enquête, elle, piétine et personne ne se fait d'illusions : comme dans le cas de Gueorgui Stoev, le crime restera certainement impuni.

Les Bulgares utilisent souvent les mêmes expressions lorsqu'ils veulent décrire le système politique de leur pays : *« les deux visages », « la face cachée »,* sont celles qui reviennent le plus souvent dans les conversations. Côté pile, une alternance politique qui se manifeste selon les règles, par le vote des citoyens. Et un corpus d'institutions qui n'ont, sur le papier, rien à envier à n'importe quelle autre démocratie européenne. Côté face, une police corrompue et détestée, une Commission anti-corruption étrangement discrète et qu'on dit noyautée par les partis au pouvoir, des élites politiques souvent versées dans les affaires et qui entretiendraient des liens obscurs avec des potentats locaux, à la tête de véritables gardes prétoriennes : les *« moutri ».* Ces hommes en noir, dont Maria, Rosen ou Ognyan redoutent l'apparition, comme le spectre de la mort.

Le mot a fait son apparition en 1991 : au singulier, un *« moutra »* signifie *« sale gueule »* en bulgare. Crânes rasés et costume noir, ils font désormais partie du paysage national. Sur You Tube, de véritables clips les mettent en scène, sortant d'un tribunal ou d'un enterrement, sur fond de rap local.

Pour la plupart, ces individus au look patibulaire sont d'anciens sportifs. Lutteurs ou haltérophiles, adulés et entretenus comme des héros nationaux sous le régime communiste, avant d'être brutalement abandonnés à leur sort après la chute du mur de Berlin. Ils vont très vite trouver à se reconvertir. En devenant le bras armé des nouveaux maîtres du pays, qui ont bâti leur puissance après 1989, lors d'une transition en trompe l'œil.

« *En Occident, vous n'avez pas idée du poids de ce passé-là* », murmure Christo Chistov en souriant. Il a une drôle de tête avec sa petite moustache et ses cheveux noirs coupés au carré. On dirait un musicien du XIXe siècle. Mais en Bulgarie, ce journaliste du quotidien *Dnevnik* est une star. Auteur de nombreux best-sellers, c'est lui qui, après des années d'enquête, a découvert l'identité du meurtrier « au parapluie bulgare ». Qui ne connaît pas cette histoire ? Elle fait partie désormais de la légende de la guerre froide et semble sortie d'un épisode de James Bond. Le 7 septembre 1978, à Londres, le dissident Gueorgui Markov, exilé en Grande-Bretagne, attend son bus. Il est alors piqué à la cuisse par la pointe d'un parapluie abandonné sur place par son agresseur. Pris de forte fièvre, Markov décédera quelques jours plus tard. On s'est toujours douté que les services secrets bulgares étaient derrière cet assassinat singulier. Mais personne, jusqu'à ce que Christo Chistov ne s'en mêle, n'avait jusqu'à présent identifié le meurtrier : un petit délinquant italien, « retourné » par les services bulgares. « *Depuis, même Scotland Yard a rouvert une enquête* », se félicite Christo.

Pour parvenir à ce scoop, briser le mur du silence en neuf longues années de recherches assidues, Christo Chistov a dû renoncer à la télé. Après trois cambriolages, ostensiblement liés à son intérêt pour le meurtre de Markov, Christo Chistov s'est résolu à ne plus acheter de poste. « *Maintenant il n'y a plus rien à voler chez moi, car je n'achète plus rien* », s'amuse le journaliste de quarante et un ans, qui mesure bien la portée de ses révélations : « *Elles gênent, car en réalité les anciens agents des services secrets sont toujours au pouvoir en Bulgarie. Et ce sont les mêmes hommes qui ont tissé les liens avec le crime organisé* », constate-t-il.

Dnevnik, le quotidien où travaille Christo, appartient au même groupe que *Kapital*. Ses locaux se trouvent juste au coin de la rue, à quelques mètres de la rédaction de Rosen, au centre de Sofia. Pas très loin, non plus, de la fameuse cathédrale Alexandre-Nevski, l'une des plus grandes du monde orthodoxe, visible de loin sur sa vaste esplanade.

À côté dc la porte d'entrée monumentale, il est rappelé que cette grande église a été érigée en l'honneur des soldats russes tombés lors de la guerre contre l'Empire ottoman en 1877-1878. Les Bulgares n'ont jamais oublié l'aide du grand frère russe pour libérer leur pays des Turcs. Et derrière le rideau de fer, le régime de Sofia sera toujours le plus sûr allié de Moscou. Ce fut une dictature communiste dure, secrète, cruelle aussi.

Aujourd'hui, comme ces chiens errants qui traînent la nuit en bande silencieuse dans Sofia, les fantômes des années de plomb hantent toujours la vie des Bulgares. Fin décembre 2006, on a enfin ouvert les archives. Pour savoir qui était agent secret, qui avait épié la vie des autres. L'ampleur des listes a fait froid dans le dos. Stupeur, même l'actuel président Gueorgui Parvanov fait partie de ceux qui rendaient des comptes non seulement au pouvoir à Sofia mais jusqu'à Moscou. Après avoir nié, il a lui-même fini par le reconnaître.

Cette petite révolution historique a en partie été possible grâce à l'acharnement de Christo Chistov pour obtenir des documents classés confidentiels.

Grâce aussi au soutien d'une ONG, spécialisée dans le droit à l'information et qui a accompagné le journaliste dans ses démarches légales. Son siège se trouve dans un cabinet d'avocats, sur un grand boulevard animé, à deux pas de l'université. Me Alexandre Kashumov en est le directeur. Ses yeux noirs brillent à chaque fois qu'il évoque une victoire sur le système. Son ONG ne se contente pas d'obtenir le droit de connaître le passé. Elle soutient tous les journalistes qui sont menacés dans leur liberté d'informer. Il s'agit presque toujours d'affaires de corruption. *« Nous avons gagné les deux tiers des cas pour lesquels nous avons plaidé en justice parfois jusqu'à la Cour européenne de Strasbourg »*, se réjouit Alexandre Kashumov. En jouant astucieusement des contradictions engendrées par les velléités affichées de démocratisation et de lutte contre la corruption, il a plus d'une fois placé le pouvoir au pied du mur.

La corruption engendre toujours le mensonge. À moins que ce soit l'inverse ? *« Ce n'est qu'en brisant le silence, en imposant plus de transparence qu'on changera la donne »*, parie en tout cas Alexandre Kashumov. Avec quelques autres avocats acharnés, il tente d'inspirer une révolution légale des institutions bulgares. À chaque fois, cette lutte pour le *« droit de savoir »* a permis de faire avancer la vérité, sapant aussi les fondements des compromissions qui légitiment et propagent la corruption.

Depuis peu, l'ONG aide aussi les journalistes à contourner les obstacles administratifs dans les enquêtes sur la corruption. *« On leur explique comment diversifier leurs sources, ruser pour faire des recoupements en utilisant les failles du système, le morcellement des administrations »*, souligne Kashumov. L'association a ainsi aidé une journaliste de la télé privée à dévoiler un scandale de fraude immobilière impliquant des notables qui s'étaient octroyés des logements, destinés au départ aux populations défavorisées.

Mais l'association d'Alexandre Kashumov ne peut rien pour protéger les journalistes de la violence. *« Des agressions comme celle dont fut victime Ognyan Stefanov sont de mauvais signes. Mais c'est aussi parce que l'État se sent affaibli qu'on agresse les journalistes »*, remarque l'avocat. *« Il n'y aurait pas une telle violence si l'opinion n'était pas sensible à ces affaires de crime et de corruption »*, souligne Alexandre Kashumov, qui décrit un pays sur le fil du rasoir : *« En*

Bulgarie, le pouvoir est aux mains de la mafia. Mais en même temps, tous les éléments d'un système démocratique sont en place. Rien n'est perdu, nous sommes juste à la croisée des chemins. Ou bien la situation change, ou bien... c'est la mafia qui gagne. »

Cette urgence, ils sont nombreux à la ressentir. « *Seules les pressions des Européens peuvent faire évoluer la situation. C'est la seule chose qui effraie le système* », insiste ainsi le journaliste Assan Yourdanov. Ce jour-là il est venu à Sofia, cinq heures de route, uniquement pour rencontrer un représentant de Reporters Sans Frontières (RSF) en mission dans la capitale bulgare. Il est vrai que l'ONG française est aujourd'hui l'une des seules à se battre pour les journalistes bulgares, et a dénoncé ouvertement la dérive mafieuse de l'État.

Assan, lui, habite à Burgas, une ville balnéaire sur la mer Noire. Si la situation est difficile à Sofia, elle est inextricable en province où s'impose une véritable chape de plomb constituée de connivences entre notables qui déjeunent à la table des chefs mafieux. Un monde fermé où tout le monde se connaît. Assan a appris à se méfier, à cacher ses documents pour éviter

« les cambriolages » opportuns. Il y a chez lui une tension de guerrier, une crispation des poings et du regard qui suggèrent des obstacles infinis pour dénoncer les tentacules de cette corruption qui va *« du policier de quartier au sommet de l'État »*, affirme-t-il.

Voilà des années que ce journaliste de quarante-quatre ans, fils d'un célèbre poète du pays, s'intéresse de trop près aux liens sulfureux entre le pouvoir et des groupes mafieux.

Il n'a plus d'employeur fixe aujourd'hui. Mais il avait cosigné l'enquête de Maria Nicolaeva sur les constructions illégales dans le Parc Naturel de la Stranja. Cette même enquête qui avait valu à Maria d'être menacée. Assan, lui, a ensuite poussé plus loin, s'intéressant à d'autres projets immobiliers, *« négociés pour quelques centimes sur des terrains qui valent en réalité de l'or, sur les bords de la mer Noire »*, souligne-t-il. Le journaliste cherchait encore la trace des comptes offshore et les liens d'un ministre avec un réseau mafieux international, lorsqu'il a été à son tour attaqué.

Il avait déjà l'habitude des menaces. Des coups de fil, des lettres, *« de celles qui vous font perdre le sommeil »*, dit-il. Mais le 10 décembre 2007, la pression est devenue plus réelle.

Ce soir-là, Assan rentre chez lui, à Burgas. Alors qu'il marche dans la rue, il voit soudain surgir devant lui un homme muni d'un grand couteau de cuisine. Un coup lui lacère aussitôt le ventre. Assan, qui pratique assidûment le karaté, parvient à maîtriser son agresseur et lui fait lâcher son arme. Mais au même moment, il reçoit un coup de barre métallique dans le dos : un autre homme le suivait… Ses agresseurs, moins courageux, ou moins motivés, que ceux qui agresseront quelques mois plus tard Ognyan Stefanov, finiront par s'enfuir… Mais Assan Yourdanov a bien compris qu'il s'agissait là d'*« un message »*.

Autriche, Irlande, mais aussi Gabon… : les enquêtes d'Assan Yourdanov sur le lobby politico-mafieux bulgare le conduisent souvent sur de nouvelles pistes, en dehors du pays. *« L'Europe doit se rendre compte que le cancer de la corruption bulgare produit des métastases et va la contaminer, si rien n'est fait »*, souligne le journaliste.

Assan s'est bien sûr réjoui pendant l'été 2008, quand il a lu dans la presse bulgare les fuites d'un rapport confidentiel de l'Olaf, l'office antifraude de l'Union européenne. Enfin Bruxelles semblait se réveiller ! Et ne se contentait plus d'espérer qu'une sorte de cercle vertueux guérisse la Bulgarie de ses démons ! Car les enquêteurs de l'Olaf n'y sont pas allés de main morte, évoquant sans détour un système de prédation qui bénéficie de complicités au sein de l'État. Et pour la première fois, ils donnaient des noms, des responsables clairement identifiés. Dans la ligne de mire du rapport, on trouve ainsi deux *« entrepreneurs »* bulgares, Mario Nikolov et Ludmil Stoykov. Accusés d'avoir constitué *« un réseau criminel composé de cinquante entreprises bulgares ».* Mais qui implique aussi *« différentes compagnies européennes ou basées dans des paradis fiscaux ».* D'emblée, l'Olaf évoque les soupçons *« de collusion avec le gouvernement bulgare »* : l'un de ses individus est notamment considéré comme le principal financier de la campagne électorale de l'actuel président.

Que reproche-t-on précisément aux deux hommes ? *« Évasion fiscale, détournement de subventions, blanchiment d'argent et production de faux documents »*, énumère le rapport de l'Olaf, qui rappelle aussi que, dans la période précédant l'adhésion à l'Union européenne, ces deux businessmen, si bien placés, ont été impliqués dans un trafic permettant d'exporter, en Europe et notamment en France, du lapin venu de Chine mais doté de faux certificats médicaux laissant croire qu'il venait d'Argentine…Or le rapport de l'Olaf ne fut que la première salve.

Décision inédite dans l'histoire de l'Union européenne, Bruxelles a pour la première fois gelé, au cours de l'été 2008, des aides destinées à un nouvel État membre. Sofia a vu ainsi plus de 800 millions d'euros suspendus, dans l'attente de progrès sur le front de la corruption et des détournements de fonds.

Mais Assan sait que ce ne sera pas suffisant. Il sait comment, face aux critiques, les autorités promettent toujours et encore de prendre de nouvelles mesures. Des traitements qui n'ont le plus souvent que l'apparence d'une cure.

Au début de l'année 2008, les journalistes ont ainsi découvert la DANS. Un acronyme bulgare pour désigner l'Agence d'État pour la Sécurité nationale. Sa création répond à une promesse faite à Bruxelles : officiellement la DANS devait nettoyer les écuries d'Augias. Lutter contre la corruption dans la fonction publique et notamment au ministère de l'Intérieur, accusé d'être au centre du système de collusion avec les mafieux. Dix mois plus tard, en octobre 2008, les révélations sur *« l'opération Galerie »* montrent que la DANS s'est surtout distinguée en mettant des journalistes et des parlementaires sur écoutes… « *C'est une institution totalement décrédibilisée. Tout le monde sait à Sofia que la plupart de ses membres sont des anciens des services secrets* », peste Assan. Le passé, encore et toujours, refait surface.

Mais fin 2008, le gouvernement tente une nouvelle carte : le lobbying. Et engage un groupe d'avocats, basé à Bruxelles, chargé d'améliorer l'image de la Bulgarie auprès des instances européennes. Bien plus, les autorités bulgares ont recruté un groupe d'*« experts européens »* pour les *« conseiller ».* Avec à sa tête… Dominique de Villepin.

Une offensive de communication pour faire face aux informations qui dérangent ? La recette est ancienne. Elle ne suffira pas pour faire taire Maria, Ognyan, Assan, Rosen et Christo. Ils savent bien que le miroir qu'ils tendent à la Bulgarie est souvent désagréable, toujours dangereux. « *Parfois je me dis, tu devrais arrêter de chercher les ennuis, de fouiller dans ce genre de dossiers. Et en même temps je réalise qu'en tant qu'être humain, dans ce combat-là, je me sens bien. Ma conscience est apaisée* », souligne Christo Chistov. Et en prononçant ces paroles, il affiche soudain un léger sourire. Comme une promesse, une confiance indestructible : il sait qu'il reste un homme libre.

Drago Kos, seul face au nouveau monstre slovène

L'étrange destin d'un ancien inspecteur de police qui se retrouve à la tête de la première Commission anticorruption de Slovénie.

« *La première balle sera peut-être pour moi. Mais alors, la seconde sera sûrement pour toi et ta famille* » : voilà ce qu'il est allé dire au caïd qui avait engagé un sniper pour le tuer… C'était il y a bien longtemps. Aujourd'hui, Drago Kos raconte cette anecdote en souriant, confortablement assis, en costume cravate, dans ce vaste bureau à la moquette épaisse, d'où il dirige la lutte contre la corruption en Slovénie.

À l'époque où sa tête était mise à prix, il n'était pas encore un personnage public mais un simple officier de police en province, dans une région totalement reculée, au nord du pays. Les honneurs, la reconnaissance, ne sont venus que bien plus tard. Pourtant Drago Kos n'oubliera jamais que, face aux menaces, l'essentiel, c'est de garder son sang-froid. Et d'avoir toujours une seconde balle en réserve, quitte à jouer parfois son destin au poker.

« *Les hommes politiques de mon pays pensent que je suis un gars stupide qui ne fait qu'appliquer la loi à la lettre. Les vrais criminels, eux, me respectent car ils savent que je suis encore plus fou qu'eux. Je vais jusqu'au bout* », assène-t-il. Son franc-parler peut surprendre et ne cadre pas forcément avec l'idée qu'on se fait de sa fonction.

Aujourd'hui, pour le rencontrer, lui, l'ancien flic de Slovenj Gradec, il faut d'abord montrer patte blanche à l'entrée d'un grand immeuble moderne orné des drapeaux slovène et européen, juste à la périphérie de la vieille ville de Ljubljana. Puis il faut se laisser conduire à travers un labyrinthe de corridors feutrés, avant d'arriver, au bout d'un long couloir, dans ce grand bureau aux meubles laqués où siège le président de la Commission anticorruption de Slovénie.

On y est accueilli par un homme élégant à la carrure impressionnante. Cheveux déjà blancs avant d'atteindre la cinquantaine, regard gris clair qui fixe ses interlocuteurs droit dans les yeux. Cette Commission, la première jamais créée pour combattre la corruption en Slovénie, c'est lui, Drago Kos, qui en a rédigé les statuts. Même s'il a dû attendre deux ans avant de la diriger, car son nom, «*trop brûlant*», effrayait le pouvoir en place, explique-t-il.

La conversation s'interrompt fréquemment, dès que résonne la sonnerie tonitruante de son portable, qui rappelle une charge d'infanterie. Il décroche toujours et répond par des «*yo !*» tout aussi tonitruants.

Ce matin-là, il sort tout juste d'un «*meeting*». Il sera tout à l'heure dans une autre réunion, attrape au passage les documents que lui tend son assistante. La Commission qu'il préside traite près de cinq cents dossiers par an. Plus d'un cas par jour. Dans un climat d'urgence permanente, avec des effectifs réduits et sous le regard d'ennemis souvent invisibles, qui guettent le moindre faux pas de ceux qui fouillent dans les poubelles de l'argent sale.

Demain, pourtant, Drago devra s'envoler pour

Strasbourg. Il y rencontrera les délégués des quarante-cinq pays qui forment le GRECO, la seule institution au sein du Conseil de l'Europe qui lutte contre la corruption. Dès sa création, l'ancien policier slovène en a été le premier président, avant d'être réélu à une écrasante majorité. Parfois aussi, Drago Kos doit se rendre à Paris où il représente son pays au sein du Comité anticorruption de l'OCDE.

Avec un tel agenda il a bien fallu renoncer à certains petits plaisirs, comme ces matchs de foot où il jouait avec passion le rôle d'arbitre. Mais il le sait, c'est une véritable guerre qui se joue aujourd'hui, sur un autre terrain.

Ljubljana-Strasbourg-Paris : voilà désormais sa ligne de front. D'une ville à l'autre, le public et le décor peuvent changer. Mais Drago Kos joue toujours le même rôle, poursuit encore et encore le même combat : faire barrage aux tentatives, toujours plus nombreuses, pour accaparer les ressources publiques et s'enrichir au détriment du plus grand nombre. «*Endiguer ce fléau qui menace nos sociétés et qu'on pourrait appeler le prédatorisme. Car l'impunité banalise la corruption*», explique-t-il.

En quelques années, il a bien vu, lui aussi, comment l'argent est devenu insaisissable et les réseaux de corruption plus sophistiqués, impliquant un nombre toujours croissant d'intermédiaires. «*Désormais, une main lave l'autre. Chacun se défausse sur un autre coupable. Les responsabilités se diluent. Nous vivons une époque où la corruption devient la règle. C'est très inquiétant*», souligne-t-il, soudain soucieux.

Rien ne prédisposait a priori l'inspecteur Kos à devenir un jour un champion de la lutte anticorruption. Rien, si ce n'est le choix d'un supérieur hiérarchique, à Slovenj Gradec, qui décida un beau matin de 1987 de l'affecter aux «crimes économiques». Quand on a joué les agents infiltrés auprès des groupes criminels locaux, qu'on s'est fait passer pour un trafiquant pour démanteler des réseaux de contrebande, le changement est un peu radical. «*Mais à cette époque, quand on était un policier de province, on ne discutait pas le choix des chefs. J'ai donc changé de poste*», rappelle-t-il. Ce sont parfois les hasards du destin qui donnent du sens à nos vies. Quelques années plus tard, l'inspecteur Kos aura en réalité si bien fait ses preuves qu'on l'enverra en poste dans la capitale.

Commence alors un long parcours semé d'embûches, de reculs et de victoires. À plusieurs reprises au cours de sa carrière, on tentera de l'écarter, *« six ou sept fois en quinze ans »*, précise-t-il. Puis on menacera de dissoudre cette Commission qu'il préside et dont l'indépendance dérange. Il lui faudra aussi se battre, sans cesse, et souvent, hélas ! en vain, contre des coupes budgétaires récurrentes qui amoindrissent ses capacités d'action dans ce pays, que les dépliants touristiques surnomment « *Suisse des Balkans* ».

À quelques mètres seulement du bureau de Drago Kos, la vieille ville de Ljubljana déploie ses charmes rassurants : des rues pavées, bordées de boutiques élégantes et de façades baroques, conduisent vers la rivière dont les berges fleuries regorgent de terrasses de cafés et de saules pleureurs. On s'y sent plus proche de l'Autriche ou de l'Italie voisines que des anciennes républiques sœurs de l'ex-Yougoslavie, dont les combats fratricides auront finalement épargné la Slovénie. Aujourd'hui ce petit pays discret et nonchalant fait toujours figure de modèle, si vite intégré à l'Union européenne. On y a déjà adopté l'euro, sans bouleversement apparent. Mais ici aussi, l'afflux d'argent a aiguisé les appétits. «*Nous sommes peut-être encore aujourd'hui l'un des pays les moins corrompus d'Europe centrale, mais les résistances y sont plus faibles qu'ailleurs*», souligne Drago Kos. La seule résistance, en réalité, c'est lui qui l'incarne, avec la Commission qu'il préside.

Quand on lui demande s'il ne regrette pas d'avoir choisi cette vie sous pression, ce combat qui ne s'achève jamais, la réponse fuse comme un missile : «*Mon seul regret, c'est d'avoir sacrifié deux familles*», dit-il, en évoquant ses deux divorces successifs. Il dit «*sacrifié*», pas «*gâché*» ou «*perdu*». Comme s'il y avait forcément un prix à payer pour un métier, une mission plutôt, qui tourne vite à l'obsession, exige un investissement permanent, et affecte forcément des proches considérés, souvent à juste titre, comme la faille la plus vulnérable des «*incorruptibles*». Drago aurait-il pu préserver sa vie intime ? Il sait que sa seconde femme a été attaquée parce qu'on le visait, lui. Et que cette blessure a été fatale à son couple.

«*Elle dirigeait une ONG. Mais on lui a coupé soudain toute aide publique, la contraignant à mettre la clé sous la porte. Et avec son nom, elle n'arrivait pas à retrouver du travail. Ce fut trop lourd à supporter pour elle* », soupire-t-il en hochant la tête. Les attaques personnelles n'ont pas affecté sa détermination. Aujourd'hui comme hier, il sait qu'on risque toujours de se brûler quand on approche du feu et qu'on s'intéresse au cercle du pouvoir. Ce ne sont pas les petites histoires de vols ordinaires, de petits fonctionnaires indélicats, qui constituent le vrai danger quand on s'attaque à la corruption. Le vrai, le seul sujet sulfureux, c'est la corruption des politiques et des puissants.

Ces intouchables qui pensent que l'impunité est un dû, « *puisque chaque élection est vécue comme une guerre et que les vainqueurs veulent d'abord leur part du butin* », constate l'ancien policier. Drago Kos est un homme de l'Est, « *un homme des Balkans* », selon ses propres termes. Il ne se fait pas d'illusions, et sait que derrière la façade démocratique, les réflexes autocratiques ont souvent la vie dure.

À deux reprises, à vingt-cinq ans d'écart, Drago Kos sera confronté à des affaires d'État. À chaque fois, des histoires d'armes et d'argent. Lesquelles, ironie du sort, impliqueront les mêmes protagonistes. Étrange duel en réalité que celui qui va alors opposer cet ancien policier à un homme politique longtemps auréolé de son rôle d'opposant au pouvoir communiste : Janez Jansa. Au musée municipal de Ljubljana, entre un buste de Staline et celui de Napoléon, une énorme photo en noir et blanc rappelle les manifestations monstres qui ont marqué l'arrestation de Janez Jansa, en 1988, un an avant la chute du mur de Berlin. Mais en politique, hélas ! la pureté est parfois une vertu éphémère.

Deux ans après l'indépendance, Drago Kos est envoyé dans la capitale. Janez Jansa est alors ministre de la Défense. L'inspecteur Kos, lui, est aussitôt chargé d'une enquête sur des soupçons de trafic d'armes illicites. Très vite, le nom de Jansa va apparaître en tête des suspects, dans un dossier explosif pour ce jeune État indépendant.

Derrière la vitrine de la neutralité face au conflit qui embrase l'ex-Yougoslavie, certains dirigeants brisent l'embargo de l'ONU pour vendre des armes aux voisins belligérants et constituer ainsi d'immenses fortunes. Le deal est bien sûr secret, mais les luttes intestines au sein du pouvoir vont finir par fissurer le mur du silence. La tension est alors très forte à Ljubljana. Drago se souvient encore avec émotion des hélicoptères qui tournaient la nuit dans le ciel de la capitale. On évoque des rumeurs de coup d'État, fomenté par le ministre de la Défense, justement. La vie ne tient alors qu'à un fil.

Moins d'un an après son arrivée à Ljubljana, Drago Kos doit quitter le domicile familial. Par souci pour sa protection, le procureur lui affecte deux gardes du corps et le contraint à dormir pendant près d'une année dans des postes de police, séparé des siens. Les preuves s'accumulent mais le puissant ministre de la Défense semble imperturbable. Jansa commet pourtant une erreur : en tentant d'intercepter brutalement l'un des informateurs de l'inspecteur Kos, il fait le pas de trop, qui le contraint à la démission. Mais pas à comparaître devant la Justice. Aucune enquête, aucune des commissions parlementaires créées pour faire la lumière sur ce trafic d'armes ne parviendront jamais à inculper l'ancien ministre ou d'autres responsables slovènes. L'affaire sera finalement classée sans suite et les millions de dollars, évoqués par les témoins et les documents saisis, ne seront jamais retrouvés. Aujourd'hui encore, cette affaire-là reste une blessure ouverte dans la mémoire des Slovènes. Un secret de famille qui n'aurait jamais été exorcisé.

Or, vingt-cinq ans plus tard, voilà que tout recommence : les mêmes hommes se retrouvent face à face dans un nouveau scandale. Cette fois-ci, Drago n'est plus dans la police, il dirige déjà la Commission anticorruption. Janez Jansa lui, est devenu le Premier ministre du pays. Les deux hommes n'ont pas oublié leur précédent affrontement. C'est d'ailleurs juste après l'arrivée au pouvoir de Janez Jansa en 2004 que l'ONG de Mme Kos voit ses fonds brusquement supprimés. L'impunité n'exclut pas la vengeance.

Mais début 2007 Jansa va être à nouveau mis en cause. Au moment où éclate le fameux « scandale Patria », du nom d'une entreprise d'armement finlandaise, qui a remporté le « contrat du siècle » en Slovénie : la livraison de cent trente-cinq chars à l'armée slovène. Très vite, Patria est soupçonnée d'avoir versé 21 millions d'euros de pots-de-vin pour gagner l'appel d'offres. La Commission anticorruption est saisie du dossier. Le concurrent malheureux de Patria, une entreprise slovène, a alerté Drago Kos et, documents à l'appui, dénonce des irrégularités dans l'arbitrage en faveur des Finlandais.

La Commission diligente aussitôt une enquête, «*sans savoir ce qu'on allait découvrir, ni même si la plainte était réellement fondée*», rappelle son président. Rapidement, les soupçons et les rumeurs se multiplient, et une Commission parlementaire est également créée en mars 2007. Mais au moment de rendre ses conclusions, son responsable est brutalement démis de ses fonctions et les résultats ne seront jamais publiés.

Imperturbable, l'équipe de Drago Kos poursuit ses recherches. «*La loi nous autorisait à avoir accès à tous les documents internes du ministère. Et puis tous les fonctionnaires n'étaient pas impliqués ! Très vite on s'est rendu compte que le malaise était réel et que cette affaire-là était une bombe*», se rappelle Drago Kos. En mai 2008, le rapport de la Commission anticorruption est sans équivoque : il y a bien eu des irrégularités dans l'attribution de ce juteux contrat de 128 millions d'euros. Les tests comparatifs, notamment, semblent avoir été totalement falsifiés. Mais la Commission ne parvient pas à incriminer les responsables, faute de preuves. Le gouvernement en profite pour faire la sourde oreille.

Un jour, cependant, Drago Kos est contacté par Interpol. L'agence de police internationale a elle aussi découvert des anomalies : à Vienne, en Autriche, une banque lui a signalé des versements suspects de plusieurs millions d'euros sur le compte d'un ressortissant canadien d'origine slovène. Un certain Walter Wolf, bien connu à Ljubljana. Businessman multicartes, féru de courses automobiles, il possède une boutique chic de vêtements masculins dans le centre de la capitale, juste à l'embranchement des Trois Ponts, une des curiosités touristiques de la ville.

Interpol devine vite que ces versements ont été effectués par le représentant de Patria à Vienne, un certain Wolfgang Riedl, et que Walter Wolf n'est qu'un intermédiaire pour des sommes destinées à la Slovénie.

Au même moment en Finlande, une autre enquête sur Patria confirme les soupçons de corruption qui pèsent sur l'entreprise. Pendant l'été 2008, son PDG est contraint à la démission. Arrêté puis relâché, il reste inculpé. Les policiers finlandais remontent la piste slovène, suspectent également des malversations lors de contrats conclus par Patria, en Croatie et en Égypte. Mais ils sont furieux : malgré leurs demandes récurrentes, leurs collègues slovènes traînent des pieds.

Finalement, c'est un documentaire télévisé qui va bousculer cette apathie apparente. Le 1er septembre 2008, la télévision finlandaise diffuse un reportage sur l'affaire Patria. Les journalistes détiennent un scoop : ils affirment être en possession d'un document confidentiel qui implique directement le Premier ministre slovène Janez Jansa, pour la première fois nommément cité dans cette affaire. Or, au même moment, la Slovénie est en pleine campagne électorale. Cette fois-ci, les autorités ne peuvent plus faire la sourde oreille. Ouvertement accusé, Jansa menace de poursuites les auteurs du documentaire, tente de faire pression sur le gouvernement finlandais pour qu'il modifie le reportage. En vain.

«*Avec cet interventionnisme maladroit, il a ridiculisé la Slovénie*», peste aujourd'hui Drago. Interviewé lui aussi dans le documentaire finlandais, le président de la Commission anticorruption avait confirmé les soupçons de malversations devant la caméra. Des propos très mesurés mais qui font aussitôt de lui la cible du parti au pouvoir.

Accusé d'être un *« traître à la patrie »*, il est convoqué le 9 septembre devant le Parlement slovène lors d'une audience interminable de onze heures. On exigera alors de lui qu'il se renie ou démissionne. À la même époque, des *« conseils avisés »* lui suggèrent de mesurer ses propos, s'il ne veut pas mettre en danger sa carrière. Le ministre de l'Intérieur et le directeur de la police criminelle menacent de perquisitionner dans les bureaux de la Commission et de déclencher une procédure judiciaire contre son président pour *« rétention d'informations »*.

Mais Drago tient bon et, le 21 septembre 2008, les Slovènes sanctionnent par les urnes le gouvernement de Janez Jansa. L'alternance politique va lui permettre de souffler. Du moins pendant un temps. *« Je ne me fais pas d'illusions »*, dit-il, *« partout en Europe, c'est la même chose : dès qu'une institution contre la corruption commence à s'intéresser de trop près aux affaires liées au pouvoir, elle se met en danger. On cherche alors à rogner ses prérogatives, voire à la supprimer »*.

À la tête du GRECO à Strasbourg, Drago dispose d'un observatoire privilégié pour suivre le destin des agences anticorruption européennes. Un jour, il s'inquiète du sort réservé à son collègue roumain Daniel Morar, quand le pouvoir en place à Bucarest refuse de le reconduire à la tête du Parquet national anticorruption et tente de le faire remplacer par une personnalité plus docile. En Autriche, c'est l'existence même du BIA, seule institution à lutter contre la corruption dans ce pays, qui est un temps menacée. Lorsque le gouvernement de Silvio Berlusconi décide par un simple décret-loi de supprimer le Haut Commissariat italien contre la corruption, Drago Kos s'en émeut ouvertement dans une lettre publiée mi-juillet 2008 et somme la délégation italienne auprès du GRECO de fournir des explications. Finalement, le Haut Commissariat italien sera rétabli. *« Évidemment, ce n'est pas seulement grâce à nous. Mais nous avons été l'une des protestations officielles qui ont fini par pousser Berlusconi à renoncer »*, constate-t-il.

Mais qui connaît le GRECO ? Les opinions européennes si souvent désabusées face à la lutte contre la corruption entendent rarement parler de cette assemblée, constituée essentiellement d'experts nationaux qui se réunissent cinq fois par an à huis clos et peuvent passer trois heures à négocier un bout de phrase dans une résolution sur la Pologne. *« Finalement, comme on n'arrivait pas à se mettre d'accord... On a fini par supprimer la phrase ! »* sourit Drago Kos, en se rappelant cette séance laborieuse de décembre 2008. Il sait bien que les moyens d'action du GRECO sont limités : *« Nous avons réussi à faire adopter une trentaine de lois et à créer ou améliorer une dizaine d'institutions contre la corruption. Mais nous agissons sur des législations, sur leur conformité avec les textes européens. Nous ne pouvons pas aborder des cas concrets. Or il y a aussi des pays qui ont des législations parfaites mais qui en réalité ne font rien pour endiguer la corruption. »*

La plus grande ruse du Diable, dit-on, est de faire croire qu'Il n'existe pas. De Strasbourg à Ljubljana, Drago Kos est bien placé pour savoir que derrière les intentions officielles se cachent souvent des complaisances coupables. Quand on vient de l'autre Europe, le spectacle des compromissions et des frilosités diplomatiques suscite plus que de l'amertume, une certaine rage face à un rêve brisé. *« La Commission européenne se fiche totalement de la lutte contre la corruption »*, lâche-t-il ainsi sans détour. Il en veut à Bruxelles de se contenter de simples recommandations sur la corruption, sans aucun effet.

Mais en réalité, il le sait, la guerre se gagnera finalement ailleurs : *« Dans les têtes. En changeant les mentalités, pour que ce soit la société tout entière qui rejette ces pratiques. Et dénonce les prédateurs. Il faut travailler sur le long terme »*, insiste Drago Kos.

Ce jour-là il est à Paris pour une réunion du Comité anticorruption de l'OCDE. Sur le parvis des Droits de l'Homme, place du Trocadéro, il prend une photo de la tour Eiffel illuminée pour son fils de dix ans... À Ljubljana, ce sont les dragons que les touristes photographient : des monstres en pierre, gardiens du plus célèbre pont de la capitale. On les retrouve aussi gravés sur les édifices, ou encore utilisés comme mascotte par la société municipale de ramassage des poubelles. C'est le symbole de la ville, un hommage au monstre qu'aurait combattu le fameux Jason alors qu'il rentrait en Grèce après avoir récupéré la Toison d'Or. Contrairement à beaucoup de héros de la mythologie grecque, Jason était un homme ordinaire avec pour seules armes son courage et sa persévérance. Les monstres d'aujourd'hui sont moins visibles, ils n'ont ni chair, ni dents féroces. Mais ceux qui les combattent aujourd'hui dans l'ombre écrivent déjà la légende de demain.

Les soldats inconnus de Transparency International

En France, l'ONG Transparency International joue un rôle de plus en plus actif contre la corruption, les détournements de fonds et les paradis fiscaux. Mais qui se cache derrière ce sigle, devenu une référence ?

C'est près de l'Étoile qu'on a le plus de chances de le trouver. Dans une petite rue, parallèle à la place qui abrite l'Arc de Triomphe et la tombe du soldat inconnu. À sa façon, Daniel Lebègue est lui aussi un inconnu embarqué dans une drôle de guerre. Depuis toujours c'est un homme qui fuit la lumière, mais pas les responsabilités. Vingt ans à la direction du Trésor, puis autant à la BNP et à la tête de la Caisse des Dépôts : une carrière de grand commis de l'État, forcément discrète, voire un peu austère. À l'image de l'homme qui apparaît à la porte de son bureau de la rue Balzac : costume sombre et cravate. Cheveux coupés en brosse et fines lunettes. *« Pourquoi moi ? »* a-t-il l'air d'abord de penser. « *En France aujourd'hui, il y a beaucoup de fortes personnalités qui luttent contre la corruption : des juges comme Renaud Van Ruymbeke, des avocats comme William Bourdon, des journalistes comme Denis Robert* », énumère-t-il d'emblée, lors de la première rencontre. Et quand il s'agit de parler quand même de lui, il évoque surtout des convictions. Des valeurs et des références clairement situées à gauche. Mais aussi un attachement à l'idéal du service de l'État, une vision très morale de l'action publique qui « *doit servir l'intérêt collectif tout en protégeant les plus vulnérables* », rappelle-t-il. Sur la grande table ovale qui trône au milieu de la pièce, il fixe souvent un curieux petit jardin zen, très minimaliste, qui rappelle une période très ancienne, où il était attaché d'ambassade au Japon.

Reste qu'à soixante-six ans, ce disciple de Jacques Delors, admirateur de Pierre Mendès France, aurait pu couler une retraite paisible, se contentant de son mandat d'administrateur dans une douzaine d'entreprises et de fondations françaises. Mais en quittant la fonction publique, Daniel Lebègue était surtout pressé de passer à l'action.

Depuis 2003, il dirige la section française de Transparency International. Une ONG devenue, en quinze ans, la référence de la lutte contre la corruption au niveau international. Un secrétariat général à Berlin et une centaine de sections à travers le monde : « TI », comme on l'appelle souvent, fait désormais autorité. Les médias citent abondamment ses rapports, et surtout ses indices et baromètres de la corruption par pays, publiés chaque année.

Le sigle a acquis ses lettres de noblesse. Mais qui connaît les militants de cette ONG qui a contribué à imposer la lutte contre la corruption dans l'agenda des grandes instances internationales ? L'association n'a pas toujours évité les polémiques, notamment sur la fiabilité de son indice de perception de la corruption, parfois jugé trop subjectif. Mais respectée ou critiquée, Transparency International n'a pas de visage, pas de porte-parole officiel.

Peu de gens savent ainsi que l'ONG a été fondée en 1993 par un Allemand, Peter Eigen, ancien directeur de la Banque mondiale en Afrique de l'Est. Deux ans auparavant, il avait claqué la porte, lassé d'assister, impuissant, aux détournements de fonds qui minaient le développement au profit d'élites prédatrices. En 2005, le fondateur de TI cède sa place à la tête de l'ONG, et sera remplacé par la Canadienne Huguette Labelle. Inconnue elle aussi du grand public, la chancelière de l'université d'Ottawa est membre d'une vingtaine d'organisations ou de comités internationaux. Une femme d'influence discrète, à l'image de bien des responsables de TI à travers le monde.

En France, ceux qui ont proposé à Daniel Lebègue de prendre la tête de la section nationale n'ignoraient rien de son passé, ni de sa proximité avec «*tout l'establishment financier français*», comme il le souligne lui-même.

«*En réalité, les présidents de sections de TI ont des profils très divers. En Inde, c'est un ancien amiral à la retraite. Au Niger, une responsable de l'action sanitaire en milieu rural. Autour d'eux, il y a souvent des sages. En France nous avons ainsi des avocats, des banquiers, des magistrats, parfois à la retraite, qui font partie du conseil d'administration. Ce sont eux qui proposent le choix du président, validé ensuite par l'assemblée générale de chaque section. Quand ils m'ont approché je ne connaissais pas très bien TI, mais son action correspondait à mes préoccupations* », raconte-t-il.

En 2002, lors du sommet mondial sur le développement durable à Johannesburg, en Afrique du Sud, le haut fonctionnaire qu'il était encore avait découvert la force bouillonnante des ONG. Une révélation, « *un véritable choc, en fait...* », confie l'homme au costume sombre. « *J'ai soudain réalisé qu'il y avait là un nouvel acteur majeur de la mondialisation, la société civile dans toute sa diversité. Un vrai levier pour agir en s'appuyant sur l'opinion publique. Les gens ne font plus confiance aux politiques, ni aux médias. En revanche, les ONG, elles, restent très populaires et désormais elles font preuve d'une expertise unique sur certains sujets. Greenpeace ou le WWF sont devenus des références sur les questions d'environnement. Même chose pour Transparency, en ce qui concerne la corruption.* »

Propulser un ex-haut fonctionnaire des Finances dans le monde associatif peut apparaître comme un pari risqué. Mais Daniel Lebègue semble s'y plaire comme un poisson dans l'eau. Il évoque, avec un émerveillement sincère, la réunion annuelle qui regroupe pour quelques jours toutes les sections de l'organisation, cette «*photo de famille métissée qui reflète le monde tel qu'il est dans sa diversité fabuleuse. Une communauté de valeurs qui rassemblent des individus avec des parcours et des cultures très différentes. C'est un moment toujours très intense, très chaleureux*».

À Paris, Daniel Lebègue va vite faire de la section française l'une des plus dynamiques du réseau très décentralisé de Transparency International. Multipliant les initiatives et les nouveautés, jusqu'à bousculer parfois certains dogmes du mouvement. La conjoncture y sera aussi pour beaucoup. Et le contraint alors à sortir de l'ombre.

Octobre 2008, au Grand Palais à Paris. Il est là, à la tribune de cette conférence de presse organisée par la Plate-Forme contre les paradis fiscaux dont TI-France fait partie. L'heure est à la mobilisation des temps de crise. Les Bourses se sont écroulées, entraînant une cascade de faillites, plus spectaculaires les unes que les autres. Experts et journalistes peinent parfois à donner un sens à ce chaos. Lui, il est là pour ça. L'ancien banquier prend la parole. « *Ces hedge funds qui sont à l'origine de la crise, ce sont des fonds d'investissement qui ne sont soumis à aucune réglementation, aucune surveillance, aucune transparence. Au 30 juin 2008, leurs encours représentaient 2000 milliards de dollars, ce n'est pas rien...* », explique-t-il d'un ton posé. « *Aujourd'hui, bien des épargnants français seraient surpris d'apprendre qu'une partie de leurs économies ont été placées dans des produits toxiques, fabriqués par ces acteurs de l'ombre. Or les deux tiers des hedge funds sont logés dans les paradis fiscaux. Des zones de non-droit qui fonctionnent en dehors des règles communes et à l'abri de l'action des juges. C'est une boîte noire qui fait désormais peur à tout le monde* », souligne-t-il encore, avant d'ajouter : « *On ne pourra pas refonder le système financier mondial avec les paradis fiscaux. Et certains se trouvent en Europe : les plus nocifs sont le Liechtenstein, Gibraltar et Chypre. Non seulement ils favorisent l'opacité des flux financiers, mais on sait aussi qu'ils participent au blanchiment de l'argent sale.* »

Au sein de Transparency International, c'est la section française qui mène la bataille contre les paradis fiscaux. Avoir un ancien directeur du Trésor à sa tête favorise certaines priorités. « *Quand la crise est arrivée, cela faisait déjà quatre ans que nous nous étions investis dans ce combat. Du coup, nous avions acquis une vraie expertise, entamé une vraie réflexion* », rappelle-t-il aujourd'hui dans son bureau. « *Les hedge funds, les paradis fiscaux, l'industrie fantôme de produits dérivés... Toute cette finance souterraine, clandestine, facilite aussi la dissimulation et le recyclage de l'argent de la corruption. C'est en s'y intéressant qu'on a été amenés à s'engager. Aujourd'hui, le monde réalise qu'il y a des failles énormes dans le système de contrôle de la finance mondiale. La crise a révélé cette menace, mais elle peut se reproduire si rien n'est fait.* » Il faut donc convaincre les dirigeants de la planète de l'urgence de changer les règles du jeu financier mondial.

Désormais l'agenda de Daniel Lebègue est calé sur les grands rendez-vous de la planète. Réunions du G8 ou G20, sommets européens : à chaque fois, il le sait, il faut faire pression, alterner lobbying discret et propositions de mesures concrètes. Car l'ONG ne se contente jamais d'un rôle de militant d'opposition. L'idée, c'est de faire avancer les choses, de proposer des solutions, des outils. Au sein de TI, on se répartit certains thèmes par section. Chaque antenne nationale propose ses réflexions aux autorités de son pays.

Finalement, la vie d'un militant anticorruption n'est pas très différente de celle d'un haut fonctionnaire : des rapports, des entretiens, des vidéoconférences. « *Un sommet du G8, ça se prépare six mois à l'avance. Pour nous aussi ! Au sein de TI, il y a désormais un groupe spécifique sur le G8 qui rassemble toutes les sections des pays concernés. Comme la section française est plus particulièrement chargée des paradis fiscaux, nous avons déjà rencontré une équipe du Trésor français, nous sommes allés à Bruxelles, nous avons été reçus par l'OCDE* », énumère Daniel Lebègue qui doit aussi répondre à des sollicitations de plus en plus fréquentes : invitation à l'Assemblée, interviews dans la presse… Désormais, son nom revient sans cesse dès qu'on aborde la question des paradis fiscaux en France : sa position à la tête de TI-France, mais aussi sa connaissance intime du sujet font de lui un interlocuteur devenu incontournable.

Mais la crise n'est qu'un prétexte, une opportunité pour se faire entendre. Le vrai but, c'est toujours la lutte contre la corruption.

Sur le site Internet de TI-France, la stratégie est clairement énoncée : «*Pour combattre la corruption efficacement, il faut l'attaquer au porte-monnaie, et donc accentuer la pression là où se déroulent les transferts massifs de fonds criminels : les paradis fiscaux et judiciaires.*» Le credo résonne différemment depuis que la crise a ouvert les yeux du monde sur la nocivité de ces enclaves offshore. Reste à transformer cette prise de conscience planétaire en actions concrètes. «*Il faut prendre appui sur les engagements des principaux responsables de la planète. Au G20 de décembre 2008, ils ont promis de refonder les règles de la finance internationale et de lutter contre les paradis fiscaux. Iront-ils jusqu'au bout ? En tout cas, on va les prendre au mot*», souligne le président de TI-France, déjà prêt à mobiliser l'opinion publique.

Celle-ci, il le sait, est désormais chauffée à blanc. «*Je suis convaincu que la mondialisation ne pourra plus se poursuivre sans le soutien de l'opinion publique internationale. Or aujourd'hui, c'est le divorce. Car ce ne sont que les effets négatifs qui émergent : on répète aux citoyens qu'ils doivent accepter de remettre en cause leur santé, leurs retraites, leur emploi, parce que la compétition internationale l'exige. On projette sans cesse une image punitive de la mondialisation qui produit de nouvelles peurs. Et là où elle a été la plus rapide, dans les échanges financiers, que voit-on ? Un désastre, un incroyable désordre des comportements* », souligne-t-il. « *Les gens n'acceptent plus les parachutes dorés, l'évasion fiscale… Les dirigeants de la planète doivent comprendre qu'ils n'ont plus le choix : ils doivent changer les règles ou prendre le risque que les peuples se révoltent et se replient sur eux-mêmes.* »

L'ancien directeur du Trésor peut passer des heures à démonter tout le système pervers des paradis fiscaux et des hedge funds, « *cette saloperie qu'on continue à vendre* », peste-t-il soudain au détour d'une phrase. Mais il sait aussi désigner, par leur vrai nom, les racines du mal : la cupidité qui dévore le monde. « *C'est la cupidité des acteurs financiers qui les a conduits à aller toujours plus loin, au nom de l'appât du gain, et à provoquer, par leur aveuglement égoïste, une crise d'une gravité inédite*», rappelle-t-il.

Mais il y a aussi d'autres cupidités monstrueuses. Comme celle des chefs d'État corrompus qui ruinent leurs pays sans scrupules.

Au nom de ce scandale, Daniel Lebègue a engagé la section française de TI dans un combat totalement inédit au sein de l'ONG. En principe, Transparency International se garde d'intervenir dans des cas précis de corruption. Ce n'est pas sa mission. Mais en 2008, la section française suscite une petite révolution. En déposant plainte devant la justice pénale pour «*recel de détournements de fonds publics*» contre trois chefs d'État africains, elle brise un tabou : TI descend dans l'arène, cible ses attaques et s'expose sur un terrain miné, celui des relations de la France avec l'Afrique. La plainte vise trois présidents, soupçonnés d'avoir constitué d'immenses fortunes en France, au détriment de leurs populations respectives : le Gabonais Omar Bongo, le Congolais Denis Sassou Nguesso et le Guinéo-Équatorien Teodoro Obiang.

« C'est en Afrique que l'on observe le lien le plus destructeur entre corruption et développement. Aujourd'hui, nous voulons que l'argent détourné soit rendu aux citoyens. Jamais notre détermination n'a été aussi grande. Nous avons le soutien de toutes nos sections africaines, et nous irons au-delà, pour mobiliser l'opinion mondiale dans cette bataille essentielle », martèle Daniel Lebègue avec conviction. Le voici dans son nouveau rôle : celui de pourfendeur de la corruption dans le tiers-monde. Nous sommes alors début janvier 2009, rue de Rivoli à Paris, dans les bureaux de l'avocat William Bourdon où une conférence de presse a été organisée en urgence. Face aux micros, aux côtés de Daniel Lebègue et de Me Bourdon, se trouve un autre avocat : Me Thierry Lévy. La veille il aurait dû s'envoler pour Libreville. Mais, malgré son visa, on l'a empêché de monter dans l'avion. Me Lévy devait assurer la défense de cinq Gabonais arrêtés le 30 décembre et incarcérés à Libreville. Les motifs officiels de leur arrestation – « *propagande* » ou encore « *tentative de déstabilisation par des organisations étrangères* » – ne trompent personne. Tous les cinq militent en effet dans des ONG ou des médias qui dénoncent la corruption du

pouvoir au Gabon. Parmi eux, il y a Gregory Ngbwa Mintsa. Le seul Africain à avoir maintenu sa plainte aux côtés de Transparency International, en tant que «*simple contribuable gabonais*». Malgré les intimidations qui ont déjà fait renoncer d'autres plaignants.

«*Une position très courageuse car pour lui, sur place, les risques sont très grands*», rappelle Daniel Lebègue, avec une certaine émotion, lors de cette conférence de presse début 2009 à Paris. Il s'engage alors à mobiliser toutes les sections de TI, tous les contacts dont il dispose, pour faire libérer les cinq hommes. Ce sera chose faite, dès le 12 janvier. «*Cette libération fait suite à la forte mobilisation internationale de ces derniers jours, notamment celle des ONG et des autorités françaises à Paris et Libreville. Leur mise en liberté n'est toutefois que provisoire, les chefs d'inculpation étant maintenus*», commentera sobrement TI-France dans un communiqué de presse, publié quelques jours plus tard. Pas question de baisser la garde sur ce dossier sulfureux qui a déjà connu bien des déboires.

Une première plainte avait été déposée en 2007 par un certain nombre d'ONG, parmi lesquelles figurait déjà l'association Sherpa de l'avocat Willliam Bourdon, mais pas Transparency International. Une enquête préliminaire est alors ouverte qui conduira les officiers de police à faire d'étonnantes découvertes. Comme ce chèque d'un montant de 300 000 euros, débité sur le compte du Trésor public gabonais et qui a permis à la femme du président Omar Bongo de s'offrir une voiture, à usage évidemment très personnel. Villas, propriétés, grosses voitures de luxe, argent placé dans les banques... : la lecture des procès-verbaux de l'enquête évoque en réalité un inventaire à la Prévert. Inamovible président depuis plus de quarante ans d'un pays où 40 % de la population vit sous le seuil de pauvreté, Omar Bongo serait ainsi l'heureux détenteur de soixante-dix comptes en banque et de trente-neuf propriétés en France, dont trois appartements avenue Foch, mais aussi d'un hôtel particulier de deux mille mètres carrés à Paris, rue de La Baume dans le 8ᵉ arrondissement, acheté près de 19 millions d'euros, «*avant travaux*» en juin 2007. Sans compter un parc automobile d'une valeur estimée à plus de 1 million d'euros. Denis Sassou Nguesso, le président congolais, qui totalise près de trente ans de présence à la tête d'un pays délabré où 70 % de la population vit dans la misère la plus complète, disposerait lui de pas moins de… cent douze comptes bancaires en France ! Ainsi que de dix-huit propriétés, dont une grande villa dans la banlieue huppée du Vésinet, dont la rénovation n'a de surcroît jamais été payée à l'entrepreneur local. Quant à Teodoro Obiang, qui dirige l'un des régimes les plus autocratiques d'Afrique, il aurait acheté en France huit voitures pour plus de quatre millions d'euros, ainsi qu'une propriété.

Pourtant, en novembre 2007, le procureur de Paris décide de classer l'affaire, au motif qu'il n'y a « pas de délit constitué » dans ce dossier pourtant bien rempli. Pour les ONG déboutées ne reste alors qu'une solution : se constituer partie civile. À la tête de Sherpa, William Bourdon est bien décidé à tenter cette carte. Mais l'avocat sait qu'il a besoin de s'allier à des plaignants dont la légitimité sera incontestable dans cette bataille-là. « *C'est pour cette raison que William Bourdon est venu nous trouver. Il estimait que Transparency International pouvait se prévaloir d'un intérêt légitime à agir puisque la lutte contre la corruption est précisément notre objet social. On en a parlé trois fois au conseil d'administration, et on a décidé de se lancer dans ce combat*», raconte aujourd'hui Daniel Lebègue. Les membres de TI ont eux aussi étudié les résultats de l'enquête préliminaire : «*Il y avait là des éléments de preuve accablants. Trente-six procès-verbaux ont été effectués, qui confirment les soupçons de détournements d'argent public au profit de ces chefs d'État et de leurs entourages. Leurs seuls salaires ne peuvent justifier de telles dépenses*», constate le président de TI-France, conscient d'avoir embarqué sa petite section dans une aventure risquée. Non seulement le seul plaignant africain a été arrêté et inculpé mais, dès l'été 2008 à Paris, William Bourdon sera lui aussi l'objet de menaces à peine voilées : un individu se présente à son cabinet, l'invitant à retirer sa plainte dans ce dossier des «biens mal acquis», sous peine de subir les foudres des présidents africains concernés.

Mais s'il est parfois dangereux de s'attaquer aux dictateurs, ce sont des réalités bien françaises qui vont apparaître à la faveur de cette affaire, qui sert aussi de baromètre pour évaluer l'indépendance de la justice. Peut-elle se prononcer en toute sérénité dans un dossier qui risque d'embarrasser les autorités face à des pays «*amis*» et pourrait faire resurgir d'autres affaires compromettantes ?

Ça tombe bien : depuis quelque temps, la section française de TI s'intéresse aussi à la Justice française. En juin 2007, les membres de l'ONG ont été invités à écouter le témoignage d'Isabelle Prévost-Desprez, vice-présidente de la 15e chambre, celle des délits financiers, au tribunal de Nanterre. Son constat est accablant. Dénonçant le manque récurrent de moyens, la multiplication des batailles de procédures ou encore le fractionnement délibéré des affaires, elle désigne vite le principal responsable, selon elle, de cette situation : derrière tous ses freins, explique-t-elle, il y a «*la volonté des élites de se protéger du juge*» : «*Les pressions politiques sont en réalité de plus en plus fortes en France*», constate-t-elle, tout en soulignant «*la solitude du juge dans un monde où les puissants peuvent faire taire la justice*». En France aussi, l'impunité est parfois la règle.

«*La corruption en France ? Mais ça n'existe pas, c'est un truc pour le tiers-monde, non ?*» : combien de fois Myriam Savy a-t-elle entendu cette phrase ? Depuis

2008, cette jeune femme de vingt-six ans travaille pour TI-France, et la réaction de ses amis se résume souvent à cette incrédulité. Comme si la corruption était un « *truc exotique* », dit-elle, réservé aux autres. Pourtant, la France a perdu quatre points en une seule année, entre 2007 et 2008, dans l'indice de perception de la corruption, celui établi chaque année par Transparency International. Voici donc l'hexagone placé à la vingt-troisième place. Un score pas très glorieux. Mais qui serait peut-être encore pire si les plus jeunes, notamment, avaient réellement conscience du degré de corruption de leur pays… À ce niveau-là d'ailleurs, tout est affaire de génération. Daniel Lebègue, lui, est forcément d'abord sensible aux progrès réalisés en vingt ans de combats : « *N'oublions pas* », dit-il, « *qu'il y a à peine vingt ans, une entreprise française pouvait faire défiscaliser les commissions, c'est-à-dire en clair les pots-de-vin, distribués pour obtenir des marchés à l'étranger ! Il suffisait d'aller voir la direction des Impôts, avec un document de la direction des Douanes, tout ça était considéré comme normal. Aujourd'hui, une telle entreprise serait condamnée au pénal et ses dirigeants risquent jusqu'à dix ans de prison. Ça fait réfléchir, ça change les pratiques.* »

La jeune génération, elle, est peut-être parfois naïve. Mais elle peut se montrer très lucide quand elle connaît l'ampleur du fléau. « *Moi je n'ai pas eu à m'étonner, à découvrir ce qu'était la corruption. J'ai une mère marocaine. La corruption, je connais depuis toute petite* », tranche ainsi Myriam.

Ils sont trois, avec elle : les trois seuls salariés de la section française de Transparency International. Ce n'est pas grand-chose pour combattre un monstre redoutable, s'attaquer à la Françafrique, dénoncer l'impunité des puissants… De plus, ils sont très jeunes : Julien, Myriam et Marina, tous ont moins de trente ans. Mais leur engagement ne doit rien au hasard. « *Quand on a ouvert les postes, on a eu un nombre impressionnant de candidatures de jeunes, souvent surdiplômés* », rappelle Daniel Lebègue. « *J'ai fait Sciences-Po, mais je ne me voyais pas bosser pour une boîte qui fait simplement du profit. Comme beaucoup de gens de mon âge, je voulais donner du sens à mon existence* », résume Myriam. « *Mes parents étaient très impliqués dans le secteur social et associatif. Moi je m'intéressais au développement durable, puis il y a eu des rencontres, des hasards et des opportunités et c'est ici, à TI, que j'ai trouvé ma voie*», complète Julien en écho. Les voilà donc les soldats inconnus de «*la base*»!

Mais eux, on ne les trouve pas du côté de l'Arc de Triomphe. Le bureau où Daniel Lebègue reçoit ses visiteurs est le siège d'une autre ONG dont il est également le président : l'IFA (Institut français des administrateurs), qu'il a fondé et qui reste aujourd'hui la première et la seule association professionnelle jamais créée en France pour rassembler les administrateurs de sociétés afin de leur inculquer les principes de la bonne gouvernance. Pour dénicher le vrai quartier général de TI, il faut prendre le métro jusqu'à la station Louise-Michel, située à Levallois-Perret. Encore faut-il pouvoir trouver les bureaux! Ni enseigne, ni sigle apparent ne signalent la présence de la section de TI-France : derrière des rideaux fermés, c'est dans un local en rez-de-chaussée composé de deux pièces exiguës que s'élabore la lutte nationale contre la corruption. «*Notre boulot, c'est surtout beaucoup de rapports, de coordination avec les autres sections, d'e-mails à travers le monde*», explique en souriant Julien Coll, délégué général de TI-France. Cheveux roux et barbe fine, il a encore l'air d'un étudiant. Mais il a déjà conscience des enjeux de l'époque : « *Les temps changent* », dit-il, « *dans les années 1990, la corruption était un sujet secondaire. Puis, en dix ans à peine, grâce aussi à TI, c'est devenu une priorité. Aujourd'hui rien n'est gagné mais on est passé à l'action. Ici en France on a été les premiers à imposer des engagements aux personnalités politiques. On a soumis des questionnaires aux candidats à la présidentielle puis à ceux des municipales. Ils ont pris position, ils ont fait des promesses écrites. On travaille aussi beaucoup avec les entreprises, pour les sensibiliser à la nécessité de lutter contre la corruption. À chaque étape, on profite de l'expertise de nos membres. À TI, en France, nous sommes une centaine, pas plus, c'est une toute petite organisation. Mais avec des gens très engagés, qui ont beaucoup d'expérience.* » En 2007, Julien était encore le seul salarié. Puis tout est allé très vite. « *Depuis un an, ça explose ! Jamais nous n'avons eu une telle visibilité. On est en première ligne sur des combats très dynamiques : les paradis fiscaux, la plainte au pénal contre les chefs d'État africains, les entreprises. Désormais, la corruption, on en parle, c'est une vraie préoccupation* », se réjouit-il.

Du côté de l'Étoile à Paris, le général de ce minuscule bataillon a l'enthousiasme plus tempéré quand il s'agit d'évoquer l'avenir : *« La corruption, c'est un océan infini* », murmure Daniel Lebègue, « *le combat reste difficile, on n'en verra pas la fin à l'échelle de notre génération* ». Il y a deux ans, il était dans le Nord de la Toscane. *« Il y avait là un monastère et dans leur charte, les moines avaient inscrit la nécessité de lutter contre la corruption. Pour soutenir les petits contre les puissants* », raconte-t-il, avant d'ajouter : « *Ce principe figure toujours dans la charte de l'ordre. Depuis le XIe siècle.* »

Envoi

Le 23 octobre 2008, un vieil homme à la mine sombre s'est présenté devant la Chambre des représentants à Washington. «*Je comptais sur l'intérêt privé des banquiers pour protéger leurs actionnaires. Je me suis trompé*», a-t-il expliqué aux députés américains, avant de constater, la voix soudain plus faible : «*J'ai trouvé une faille dans l'idéologie capitaliste. Je ne sais pas à quel point elle est significative ou durable, mais cela m'a plongé dans un grand désarroi.*» Ce jour-là, le mea culpa d'Alan Greenspan a résonné comme une capitulation. Voilà un homme qui, pendant dix-huit ans à la tête de la Federal Reserve, la banque centrale américaine, a obstinément défendu l'idée que le marché pouvait s'autoréguler, sans contrôle. Jusqu'à ce qu'il avoue son erreur. Trop tard.

Un entrelacs de dizaines de milliers de sociétés, de banques, de Bourses, de fonds spéculatifs, de fondations et d'institutions internationales plongent leurs ramifications dans les trous noirs des paradis fiscaux. À Jersey, au Luxembourg, à Vaduz, seuls quelques ordinateurs et bureaux d'avocats font office de paravent. Les satellites et les jeux d'écritures complètent le tour de passe-passe. Ce réseau pourrait être régulé à l'échelle mondiale, grâce à la puissance des serveurs informatiques. La finance a préféré organiser volontairement son opacité. Chaque rouage a ajouté son lien, son écran, ses banques correspondantes, ses produits spéculatifs, sa boîte noire, dans le plus grand secret.

Les noms de comptes offshore font preuve d'une grande créativité et d'un humour noir volontaire : Le P-DG d'une entreprise de chaussures a eu ainsi un compte appelé « Pegasus ». Un évêque avait ouvert un compte appelé « Bishop »… J'avais même trouvé un Danois dont le compte s'appelait « Accumulator », certainement pour évoquer son rêve du profit qui se multiplie à l'infini… Aujourd'hui les apprentis sorciers sont rattrapés par leur création infernale. Des millions d'interconnexions aveugles répercutent et décuplent la violence de la crise, dans le plus grand désordre.

Nous n'avons pas fini de payer le prix de cet aveuglement. J'ai été invitée en Islande. Le pays est en faillite avec 100 milliards de dollars de dettes pour 300 000 habitants. C'est un cataclysme. Chaque Islandais doit désormais payer une dette équivalentes aux réparations exigées aux Allemands après la Première guerre mondiale par le Traité de Versailles ! Le pays n'a pour seule ressource que la pêche. Épurer cette dette va prendre plusieurs générations.

J'ai rencontré le ministre des Affaires étrangères, celui de la Justice et celui de l'Économie et des Finances. Ils m'ont demandé de les aider à organiser les enquêtes financières. Dans tout le pays, mes interlocuteurs répètent « Si nous avions su », « Nous ne savions pas »... Le bureau de l'autorité de marché islandaise a démissionné. Ceux qui restent refusent de communiquer les pièces à la justice au nom du secret professionnel... Une cellule est chargée d'enquêter sur d'éventuels détournements. À sa tête, j'ai trouvé un policier plein d'énergie, qui n'a pas froid aux yeux, mais qui occupait auparavant un poste à la campagne, sans expérience des enquêtes financières ! Quatre policiers face à 100 milliards de dollars de dettes. C'est dérisoire.

Nous allons mettre sur pied une équipe solide, avec des experts judiciaires, des analystes, des financiers. L'Islande doit solliciter l'entraide de la Justice internationale. On ne peut pas rester impuissants. Les petits génies de la finance possèdent toujours des propriétés à New York et un train de vie insolent. Il existe des suspicions de présentation de faux bilans et d'escroquerie. Il faut aller voir. Des témoins racontent qu'ils ont vu des valises de billets transportées dans des avions privés avant la banqueroute. Il faut vérifier. De nombreuses sociétés des tycoons islandais sont domiciliées dans des places offshore. Il faut remonter les pistes.

L'histoire de l'Islande est une métaphore de ce qui nous arrive. La crise financière n'est pas un accident de l'Histoire. Nous devons comprendre l'enchaînement des responsabilités, enquêter sur les délits éventuels et ne pas passer par pertes et profits un désastre de cette ampleur. La leçon islandaise vaut pour New York, Londres et Paris. Les responsabilités doivent être établies et les coupables poursuivis. Combien d'enquêtes la France a-t-elle ouvertes depuis l'été 2008 ? À qui a-t-on demandé des comptes ?

Banquiers, traders et gestionnaires de fonds étaient les super héros des années 2000, empruntant tout ce qu'ils jouaient sur les marchés, manipulant des outils mathématiques auxquels rien ne semblait pouvoir résister. Dans cet immense Monopoly, tous les joueurs semblaient gagnants. Nous avons vu se multiplier les salaires exponentiels et les bonus vertigineux. Bernard Madoff comme son clone, Allen Stanford, démasqué plus récemment, étaient loués pour leur virtuosité et leur philanthropie. Sur son site où il affiche toujours son portrait de bon gars texan à la moustache blonde, Allen Stanford évoque les honneurs qu'il a reçus, et fait précéder son nom d'un « Sir », rappelant qu'il a été anobli par la Couronne britannique en 2006. Bernés, des milliers d'épargnants qui lui ont fait confiance envahissent les succursales du Stanford

Financial Group pour tenter de récupérer leurs économies, englouties par des tours de passe-passe qui permettaient de rémunérer les uns avec l'argent des autres.

Ni dans le cas de Madoff, ni dans celui de Stanford, la SEC (Securities and Exchange Commission), le gendarme de la finance américaine, n'a vu venir l'escroquerie. Pourtant dès 1999, Harry Markopoulos, un spécialiste de la finance installé à Boston, avait tenté d'alerter les autorités de contrôle sur la supercherie de Bernard Madoff. En étudiant des documents tout à fait officiels, calculette à la main, il avait très vite décelé les aberrations du système mis au point par l'homme d'affaires que tout le gotha courtisait. En vain. Personne ne voudra l'écouter. Aujourd'hui, le vrai héros, c'est bien lui : ce citoyen ordinaire qui a vécu neuf ans dans la crainte des représailles de l'empire Madoff.

Comme la mer se retire et laisse les poissons sur le sable, le vrai visage du système financier apparaît crûment, douloureusement. La réalité nous a rattrapés. Les vrais héros apparaissent à la lumière. Ils travaillaient dans l'ombre, moqués ou ignorés par la presse, cette

« poésie du pouvoir » dont parlait joliment Guy Debord. Une inversion complète de valeurs s'opère.

Je me souviens du grand amphithéâtre de la Sorbonne, il y a six ans. Nous étions une vingtaine de voix internationales réunies pour lancer un appel solennel. J'entends encore les mots de la Déclaration de Paris résonner sous la voûte : *« La grande corruption bénéficie de la complicité de banques occidentales. Elle utilise le circuit des sociétés offshore. Elle profite de la soixantaine de territoires ou d'États qui lui servent d'abri. Alors que la globalisation a permis la libre circulation des capitaux, les justices financières restent tenues par des frontières qui n'existent plus pour les délinquants. La souveraineté de certains États bancaires protège, de manière délibérée, l'opacité des flux criminels. »*

Tout était sur la table. Il suffisait de regarder et d'avoir le courage de comprendre.

À l'époque, au Royaume-Uni, le ministre de l'Économie s'appelait Gordon Brown. Il est aujourd'hui

Premier Ministre. Le gouverneur du Fonds monétaire international s'appelait Jean-Claude Junker. Il est aujourd'hui Premier ministre du Luxembourg. En France, les deux plus proches collaborateurs du ministre de l'Économie s'appelaient François Pérol, devenu le conseiller de Nicolas Sarkozy avant d'être nommé à la tête de la deuxième banque française, et Xavier Muscat, qui l'a remplacé à l'Élysée. Hier et aujourd'hui, les mêmes hommes sont aux commandes. À l'époque, ils ne parlaient jamais des paradis fiscaux, et pour cause : tout le monde en profitait. Personne n'a bougé, aucun gouvernement en Europe ou dans le monde, en dehors de la Norvège, n'a voulu agir.

La Banque mondiale a même tout fait pour éviter de s'engager dans la bataille, alors qu'elle est en principe chargée d'aider les plus pauvres. En 2006, la Norvège a proposé de financer entièrement une étude approfondie pour mieux connaître les flux illicites, en évaluer le montant et donc l'importance. Robert Zoellick, le président de la Banque mondiale, a d'abord semblé enthousiaste. Il a écrit une lettre pour approuver la mission. Elle devait être mise en place par ses services et financée par les Norvégiens. Mais le projet n'avançait pas. Lors d'une réunion à Oslo, le représentant de la Banque mondiale a voulu se défausser. J'étais stupéfaite. J'ai dit que ce changement de position était incompréhensible. La Banque mondiale a quand même voulu ménager la Norvège qui est un contributeur important. Elle a fini par accepter de s'impliquer… à condition de désigner elle-même le responsable de cette enquête sur les flux illicites.

Quelques mois plus tard, nouvelle surprise : nous avons eu droit à un discours surréaliste d'un spécialiste des mines d'or en Tanzanie venu au nom de la Banque mondiale justifier le rôle des grandes compagnies minières dans ce pays, lequel voit pourtant les revenus de ses ressources aurifères lui échapper ! Immédiatement, j'ai saisi le micro pour dire notre colère. L'ambiance était électrique. Un de nos interlocuteurs s'est levé pour dire ouvertement que si nous comptions uniquement sur le soutien de son institution, nous n'aurions jamais de chiffres sur les flux financiers illicites. Voilà c'était dit. Au sein du conseil d'administration de la Banque mondiale siègent certains paradis fiscaux. Ils n'ont aucune envie qu'on les expose.

En Europe, on retrouve les mêmes blocages. En décembre 2008, avec une petite délégation norvégienne, nous pensions pourtant rencontrer à Berlin de vrais alliés. Le gouvernement allemand venait de frapper un grand coup. Les services secrets avaient réussi à obtenir, contre plusieurs millions d'euros, un CD, compulsé en cachette par un ancien employé de banque du Liechtenstein, qui révélait une fraude massive. Des centaines de citoyens allemands étaient démasqués : ils plaçaient clandestinement leurs économies dans les banques de Vaduz, la capitale de ce petit paradis fiscal. Le scandale a fait grand bruit. Heinrich Kieber, l'employé de banque qui a fourni les données confidentielles, se cache aux États-Unis, par peur des représailles. Le pays était scandalisé.

Les premières déclarations d'Angela Merkel contre les paradis fiscaux étaient offensives. Hélas ! une fois de plus c'est le cynisme qui l'a emporté. Axel Nawrath, le secrétaire d'État à l'Économie, m'a regardée avec cette distance supérieure, cette morgue des élites que je reconnais entre mille. « *Madame Joly, l'Europe ne fera jamais rien contre les paradis fiscaux.*

Au cœur de l'Europe, nous avons le Luxembourg et la City de Londres. Et vous croyez que les Anglais ou les Luxembourgeois accepteront qu'on réforme un système dont ils sont les premiers bénéficiaires ? » Sur la défensive, il est même devenu agressif : « *Vous n'êtes même pas membre de l'Union européenne et vous prétendez nous donner des leçons ?* »

C'est du Sénat américain qu'arrive désormais notre vrai soutien, le plus puissant aussi. Carl Levin, le sénateur américain du Michigan, compare souvent la lutte contre les paradis fiscaux à un nouveau mur de Berlin, qu'il nous faut abattre. Avec ses collègues du Sénat, il a réalisé un formidable travail. Ils ont réussi à recenser les grandes entreprises américaines possédant des filiales dans les paradis fiscaux. À la lecture de leur rapport paru en décembre 2008, j'ai eu la confirmation que presque toutes les grandes sociétés cotées en Bourse étaient concernées : elles ont leurs boîtes aux lettres et leurs sociétés fictives. Merril Lynch ? Quatre-vingt-deux filiales dans les centres offshore. Quatre en Irlande, deux aux Bermudes, trois aux îles Caïmans, deux à Singapour… D'autres encore à l'île Maurice, en Islande, au Luxembourg, en Suisse… C'est vertigineux ! McDonald ? Des filiales à Hong Kong, en Suisse… Quant à Lehman Brothers, qui est à l'origine de la crise des subprimes : on découvre cent quarante et une filiales étrangères dont cinquante-sept dans les paradis fiscaux. Trente et une aux Caïmans, deux aux Bermudes, neuf à Hong Kong…

Je fais partie d'une commission qui doit évaluer les effets des paradis fiscaux sur les pays en voie de développement. Il y a parmi nous les trois meilleurs économistes de Norvège, un substitut, des spécialistes des centres offshore… Nous essayons de mesurer concrètement l'ampleur de la fuite des capitaux vers les paradis fiscaux.

La technique la plus répandue est celle des prix de transfert, qui permet à une multinationale de maquiller ses comptes pour payer moins d'impôts dans le pays où elle est implantée. C'est un crime économique, peut-être le plus grand défi des années à venir. Le système est très simple : la société mère vend son pétrole, ou son minerai, à une filiale installée dans un centre offshore. Le prix est délibérément sous-estimé. À charge pour la filiale de revendre ensuite rapidement pétrole ou minerai, au prix fort cette fois-ci. Et quand la société publie ses comptes dans le pays où se trouve la mine qu'elle exploite, elle affiche évidemment des résultats modestes sur place, qui limitent les impôts et taxes dont elle aurait dû s'acquitter. Pendant ce temps-là, ses vrais profits sont ailleurs.

Grâce à ce subterfuge, en vingt-six ans de présence, l'entreprise américaine Exxon n'a jamais payé d'impôts au Chili sur les mines de cuivre acquises lors des privatisations par le régime Pinochet. Quand Exxon a revendu la mine, elle a touché plus de 1,8 milliard de dollars. La mine était donc très rentable ! Mais au Chili, pas un contribuable n'a vu passer les profits sur le cuivre. Plus de la moitié des transactions commerciales dans le monde sont réalisées au sein d'un même groupe, entre une entreprise et ses filiales. Il est donc facile de déduire l'ampleur des manipulations possibles, grâce aux prix de transfert.

J'aime l'idée que la justice ressemble à une épée qui déchire le voile des apparences et permet de voir enfin la réalité. C'est quoi la réalité d'une société qui prétend importer des bananes à Jersey ? Une boîte aux lettres, une société fictive qui prive la République dominicaine de ses recettes fiscales. Même en Norvège, la Cour suprême refuse de dénoncer la fiction : si l'entreprise mère rédige des procès-verbaux de filiales fictives, les magistrats font semblant de considérer que c'est une activité réelle. Le commerce mondial s'est développé sur ce système qui respecte les formes juridiques et viole l'essence même de la démocratie et de la souveraineté.

Le vent qui se lève, la colère qui gronde, sont à la mesure de cette immense trahison. Les histoires de John Christensen, Helen Garlick, Raffaele Del Giudice, Maria Nicolaeva, Drago Kos, Mark Pieth ou Daniel Lebègue, les héros ordinaires de ce livre, sont autant de récits initiatiques. Comme eux, des millions de citoyens prennent chaque jour conscience de l'injustice qui découle des malversations financières, de l'évasion fiscale, de la corruption des puissants. Ils sont de plus en plus nombreux à refuser ce monde-là. Aujourd'hui le roi est nu.

Combien faudra-t-il de faillites et de scandales pour contraindre les États à agir ? Le nouveau Président Barack Obama est l'un des trois sénateurs qui ont rédigé le Tax Haven Abuse Act, une proposition de loi qui déclare ouvertement la guerre aux paradis fiscaux. Cependant, je me fais peu d'illusions. Les plus gros donateurs de sa campagne présidentielle s'appellent Goldman Sachs, UBS, JPMorgan Chase et Citigroup, les géants de la banque. Les soutiens de Barack Obama ont tout à perdre de plus de transparence. Dans son livre de campagne, on peut lire ce passage troublant : « *Je consacrais de plus en plus de temps aux personnes qui comptent – consultants d'entreprises et banquiers d'investissements, managers de hedge funds et jongleurs de capitaux. C'était en général des gens intelligents et intéressants, parfaitement au fait des grands dossiers, libéraux dans la conduite de leurs affaires et n'espérant rien d'autre en échange de leur chèque qu'un peu d'attention pour leurs opinions.*[1] » Cette vision idyllique des « jongleurs de capitaux » n'incite pas à l'optimisme.

1. John R. MacArthur, « Washington, c'est Versailles », interview par Justin Vaïsse, revue *XXI*, été 2008.

Car les financiers ont fabriqué eux-mêmes le désastre. Le lobby Fire (Finance, Insurance and Real-Estate) a dépensé 200 millions de dollars, il y a quelques années, pour obtenir du Sénat américain la suppression du Glass-Steagall Act de 1933 qui interdisait les activités de courtage et de spéculation pour les banques de dépôts. Le résultat s'étale sous nos yeux, avec des banques américaines en faillite. Plusieurs dizaines de millions de dollars ont été dépensés par un autre lobby, la Mortgage Bankers Association, pour faciliter la mise en place des subprimes, ces prêts hypothécaires qui ont été l'étincelle de la crise. Les « jongleurs de capitaux » ont des intérêts, dont le nouveau Président américain devrait se méfier.

Pour tourner la page de ces désordres, seule une pression politique est de taille à renverser le cours des choses. Au niveau européen, nous devons mettre en place une justice supranationale et bannir les paradis fiscaux de notre continent, en imposant leur boycott absolu par les banques et les entreprises européennes. Lutter avec vigueur contre la criminalité financière et bâtir une Europe où s'opposer à la corruption ne conduise pas à vivre entre deux gardes du corps est possible. Utopie ? Mais qui aurait parié sur la chute du mur de Berlin en 1982, quand le général Jaruzelski mettait au pas la Pologne ? Qui aurait parié sur un Président noir, à la tête de la première puissance du monde, lorsque Martin Luther King a été assassiné ?

J'ai rencontré, au cours de ma vie, parfois dans des conditions difficiles pour eux, de nombreux chefs d'entreprise. Au risque de surprendre, j'ai de l'admiration pour beaucoup de ces hommes et de ces femmes. Comme l'a souligné depuis longtemps l'économiste Schumpeter, le profit n'est pas leur première motivation. Ils sont aussi, comme chacun d'entre nous, animés par des « mobiles irrationnels » : le plaisir de l'effort, le goût presque sportif de la victoire, la peur de la mort, le bonheur de créer et de voir grandir leur entreprise, la curiosité et l'allant.

La corruption et la délinquance économique sont l'antithèse de l'entrepreneur selon Schumpeter. Elles perpétuent les rentes et gangrènent les organisations. Ceux qui basculent dans le crime cherchent l'argent facile mais aussi l'abandon de leur liberté, qui leur pèse, au profit de valeurs de réseaux, de clandestinité et d'opacité qui sont plus faciles à assumer, puisque la responsabilité individuelle est dissoute. Qui peut avoir envie de vivre dans la campagne napolitaine, entre deux décharges ? En Slovénie ou en Bulgarie où le pouvoir se moque de la loi ? Qui peut justifier les biens mal acquis des présidents africains ? Comment continuer à accepter qu'un gouvernement balaie d'un trait de plume des enquêtes sensibles comme celle de British Aerospace au Royaume-Uni ou veuille supprimer les juges d'instruction (et donc l'indépendance de la Justice) comme en France ?

L'équilibre des forces va se déplacer au sud et à l'est. Il y a trente ans, la Chine et l'Inde représentaient 1 ou 2 % du commerce mondial. Elles totalisent désormais chacune de 7 à 9 %. Le total des deux peut atteindre 40 % au milieu du siècle. Il va être difficile de leur donner des leçons de démocratie, de justice et d'écologie après des années de prédation occidentale.

Il faut d'abord balayer devant notre porte. Pour que notre Europe aille de l'avant, nous avons besoin de confiance. Celle-ci ne se décrète pas : elle se construit par des actes cohérents, posés les uns après les autres. Elle a besoin de preuves. Les héros ordinaires de ce livre, John Christensen, Helen Garlick, Raffaele Del Giudice, Maria Nicolaeva, Drago Kos, Mark Pieth ou Daniel Lebègue, et leurs semblables, sont des forces de proposition précieuses. Il vaut mieux partir du terrain quand le sommet a échoué. La confiance repose sur des valeurs souvent moquées comme l'humilité, le courage, la transparence. Des décisions cruciales sont devant nous. Ce n'est pas le moment d'avoir peur.

Remerciements

Avec Maria Malagardis, nous remercions les interlocuteurs de ce livre qui ont accepté de donner de leur temps et de raconter leurs aventures. Notre gratitude va aussi à tous ceux qui nous ont apporté leur aide à la réalisation de ce livre : Atanas Tchobanov, Dessi, Olivier Basille et Elsa Vidal de Reporters sans Frontières, Salavatore Esposito, Françoise Laurentin, Eric Joszef, Esmeralda Calabria et Chrysalis Film qui a distribué en France « Biutiful Cauntri ».

Ces portraits de héros ordinaires doivent beaucoup à Maria Malagardis. Elle s'est lancée dans cette enquête avec une énergie peu commune, remontant les pistes et confrontant les sources aux quatre coins de l'Europe. Elle a le feu sacré et une haute idée du journalisme. Qu'elle en soit remerciée.

Table

IMPRESSION : CPI BRODARD ET TAUPIN À LA FLÈCHE
DÉPÔT LÉGAL : AVRIL 2010. N° 100563 (56928)
IMPRIMÉ EN FRANCE

Collection Points

DERNIERS TITRES PARUS

P1596. Les Femmes politiques, *Laure Adler*
P1597. La Preuve par le sang, *Jonathan Kellerman*
P1598. La Femme en vert, *Arnaldur Indridason*
P1599. Le Che s'est suicidé, *Petros Markaris*
P1600. Les Nouvelles Enquêtes du juge Ti, vol. 3
Le Palais des courtisanes, *Frédéric Lenormand*
P1601. Trahie, *Karin Alvtegen*
P1602. Les Requins de Trieste, *Veit Heinichen*
P1603. Pour adultes seulement, *Philip Le Roy*
P1604. Offre publique d'assassinat, *Stephen W. Frey*
P1605. L'Heure du châtiment, *Eileen Dreyer*
P1606. Aden, *Anne-Marie Garat*
P1607. Histoire secrète du Mossad, *Gordon Thomas*
P1608. La Guerre du paradis. Le Chant d'Albion I
Stephen Lawhead
P1609. La Terre des Morts. Les Enfants de l'Atlantide IV
Bernard Simonay
P1610. Thenser. Aradia II, *Tanith Lee*
P1611. Le Petit Livre des gros câlins, *Kathleen Keating*
P1612. Un soir de décembre, *Delphine de Vigan*
P1613. L'Amour foudre, *Henri Gougaud*
P1614. Chaque jour est un adieu
suivi de Un jeune homme est passé
Alain Rémond
P1615. Clair-obscur, *Jean Cocteau*
P1616. Chihuahua, zébu et Cie.
L'étonnante histoire des noms d'animaux
Henriette Walter et Pierre Avenas
P1617. Les Chaussettes de l'archiduchesse et autres défis de la prononciation
Julos Beaucarne et Pierre Jaskarzec
P1618. My rendez-vous with a femme fatale.
Les mots français dans les langues étrangères
Franck Resplandy
P1619. Seulement l'amour, *Philippe Ségur*
P1620. La Jeune Fille et la Mère, *Leïla Marouane*

P1621. L'Increvable Monsieur Schneck, *Colombe Schneck*
P1622. Les Douze Abbés de Challant, *Laura Mancinelli*
P1623. Un monde vacillant, *Cynthia Ozick*
P1624. Les Jouets vivants, *Jean-Yves Cendrey*
P1625. Le Livre noir de la condition des femmes
Christine Ockrent (dir.)
P1626. Comme deux frères, *Jean-François Kahn et Axel Kahn*
P1627. Equador, *Miguel Sousa Tavares*
P1628. Du côté où se lève le soleil, *Anne-Sophie Jacouty*
P1629. L'Affaire Hamilton, *Michelle De Kretser*
P1630. Une passion indienne, *Javier Moro*
P1631. La Cité des amants perdus, *Nadeem Aslam*
P1632. Rumeurs de haine, *Taslima Nasreen*
P1633. Le Chromosome de Calcutta, *Amitav Ghosh*
P1634. Show business, *Shashi Tharoor*
P1635. La Fille de l'arnaqueur, *Ed Dee*
P1636. En plein vol, *Jan Burke*
P1637. Retour à la Grande Ombre, *Hakan Nesser*
P1638. Wren. Les Descendants de Merlin I, *Irene Radford*
P1639. Petit manuel de savoir-vivre à l'usage des enseignants
Boris Seguin, Frédéric Teillard
P1640. Les Voleurs d'écritures *suivi de* Les Tireurs d'étoiles
Azouz Begag
P1641. L'Empreinte des dieux. Le Cycle de Mithra I
Rachel Tanner
P1642. Enchantement, *Orson Scott Card*
P1643. Les Fantômes d'Ombria, *Patricia A. McKillip*
P1644. La Main d'argent. Le Chant d'Albion II
Stephen Lawhead
P1645. La Quête de Nifft-le-mince, *Michael Shea*
P1646. La Forêt d'Iscambe, *Christian Charrière*
P1647. La Mort du Nécromant, *Martha Wells*
P1648. Si la gauche savait, *Michel Rocard*
P1649. Misère de la Ve République, *Bastien François*
P1650. Photographies de personnalités politiques
Raymond Depardon
P1651. Poèmes païens de Alberto Caeiro et Ricardo Reis
Fernando Pessoa
P1652. La Rose de personne, *Paul Celan*
P1653. Caisse claire, poèmes 1990-1997, *Antoine Emaz*
P1654. La Bibliothèque du géographe, *Jon Fasman*

P1655. Parloir, *Christian Giudicelli*
P1656. Poils de Cairote, *Paul Fournel*
P1657. Palimpseste, *Gore Vidal*
P1658. L'Épouse hollandaise, *Eric McCormack*
P1659. Ménage à quatre, *Manuel Vázquez Montalbán*
P1660. Milenio, *Manuel Vázquez Montalbán*
P1661. Le Meilleur de nos fils, *Donna Leon*
P1662. Adios Hemingway, *Leonardo Padura*
P1663. L'avenir c'est du passé, *Lucas Fournier*
P1664. Le Dehors et le Dedans, *Nicolas Bouvier*
P1665. Partition rouge.
Poèmes et chants des Indiens d'Amérique du Nord
Jacques Roubaud, Florence Delay
P1666. Un désir fou de danser, *Elie Wiesel*
P1667. Lenz, *Georg Büchner*
P1668. Resmiranda. Les Descendants de Merlin II
Irene Radford
P1669. Le Glaive de Mithra. Le Cycle de Mithra II
Rachel Tanner
P1670. Phénix vert. Trilogie du Latium I, *Thomas B. Swann*
P1671. Essences et Parfums, *Anny Duperey*
P1672. Naissances, *Collectif*
P1673. L'Évangile une parole invincible, *Guy Gilbert*
P1674. L'Époux divin, *Francisco Goldman*
P1675. La Comtesse de Pimbêche
et autres étymologies curieuses, *Pierre Larousse*
P1676. Les mots qui me font rire
et autres cocasseries de la langue française
Jean-Loup Chiflet
P1677. Les carottes sont jetées.
Quand les expressions perdent la boule
Olivier Marchon
P1678. Le Retour du professeur de danse, *Henning Mankell*
P1679. Romanzo Criminale, *Giancarlo de Cataldo*
P1680. Ciel de sang, *Steve Hamilton*
P1681. Ultime Témoin, *Jilliane Hoffman*
P1682. Los Angeles, *Peter Moore Smith*
P1683. Encore une journée pourrie
ou 365 bonnes raisons de rester couché, *Pierre Enckell*
P1684. Chroniques de la haine ordinaire 2, *Pierre Desproges*
P1685. Desproges, portrait, *Marie-Ange Guillaume*

P1686. Les Amuse-Bush, *collectif*

P1687. Mon valet et moi, *Hervé Guibert*

P1688. T'es pas mort !, *Antonio Skármeta*

P1689. En la forêt de Longue Attente.
Le roman de Charles d'Orléans, *Hella S. Haasse*

P1690. La Défense Lincoln, *Michael Connelly*

P1691. Flic à Bangkok, *Patrick Delachaux*

P1692. L'Empreinte du renard, *Moussa Konaté*

P1693. Les fleurs meurent aussi, *Lawrence Block*

P1694. L'Ultime Sacrilège, *Jérôme Bellay*

P1695. Engrenages, *Christopher Wakling*

P1696. La Sœur de Mozart, *Rita Charbonnier*

P1697. La Science du baiser, *Patrick Besson*

P1698. La Domination du monde, *Denis Robert*

P1699. Minnie, une affaire classée, *Hans Werner Kettenbach*

P1700. Dans l'ombre du Condor, *Jean-Paul Delfino*

P1701. Le Nœud sans fin. Le Chant d'Albion III
Stephen Lawhead

P1702. Le Feu primordial, *Martha Wells*

P1703. Le Très Corruptible Mandarin, *Qiu Xiaolong*

P1704. Dexter revient !, *Jeff Lindsay*

P1705. Vous plaisantez, monsieur Tanner, *Jean-Paul Dubois*

P1706. À Garonne, *Philippe Delerm*

P1707. Pieux Mensonges, *Maile Meloy*

P1708. Chercher le vent, *Guillaume Vigneault*

P1709. Les Pierres du temps et autres poèmes, *Tahar Ben Jelloun*

P1710. René Char, *Éric Marty*

P1711. Les Dépossédés, *Robert McLiam Wilson et Donovan Wylie*

P1712. Bob Dylan à la croisée des chemins. Like a Rolling Stone
Greil Marcus

P1713. Comme une chanson dans la nuit
suivi de Je marche au bras du temps, *Alain Rémond*

P1714. Où les borgnes sont rois, *Jess Walter*

P1715. Un homme dans la poche, *Aurélie Filippetti*

P1716. Prenez soin du chien, *J.M. Erre*

P1717. La Photo, *Marie Desplechin*

P1718. À ta place, *Karine Reysset*

P1719. Je pense à toi tous les jours, *Hélèna Villovitch*

P1720. Si petites devant ta face, *Anne Brochet*

P1721. Ils s'en allaient faire des enfants ailleurs
Marie-Ange Guillaume

P1722. Le Jugement de Léa, *Laurence Tardieu*
P1723. Tibet or not Tibet, *Péma Dordjé*
P1724. La Malédiction des ancêtres, *Kirk Mitchell*
P1725. Le Tableau de l'apothicaire, *Adrian Mathews*
P1726. Out, *Natsuo Kirino*
P1727. La Faille de Kaïber. Le Cycle des Ombres I
Mathieu Gaborit
P1728. Griffin. Les Descendants de Merlin III, *Irene Radford*
P1729. Le Peuple de la mer. Le Cycle du Latium II
Thomas B. Swann
P1730. Sexe, mensonges et Hollywood, *Peter Biskind*
P1731. Qu'avez-vous fait de la révolution sexuelle ?
Marcela Iacub
P1732. Persée, prince de la lumière.
Le Châtiment des dieux III
François Rachline
P1733. Bleu de Sèvres, *Jean-Paul Desprat*
P1734. Julius et Isaac, *Patrick Besson*
P1735. Une petite légende dorée, *Adrien Goetz*
P1736. Le Silence de Loreleï, *Carolyn Parkhurst*
P1737. Déposition, *Leon Werth*
P1738. La Vie comme à Lausanne, *Erik Orsenna*
P1739. L'Amour, toujours !, *Abbé Pierre*
P1740. Henri ou Henry, *Didier Decoin*
P1741. Mangez-moi, *Agnès Desarthe*
P1742. Mémoires de porc-épic, *Alain Mabanckou*
P1743. Charles, *Jean-Michel Béquié*
P1744. Air conditionné, *Marc Vilrouge*
P1745. L'homme qui apprenait lentement, *Thomas Pynchon*
P1746. Extrêmement fort et incroyablement près
Jonathan Safran Foer
P1747. La Vie rêvée de Sukhanov, *Olga Grushin*
P1748. Le Retour du Hooligan, *Norman Manea*
P1749. L'Apartheid scolaire, *G. Fellouzis & Cie*
P1750. La Montagne de l'âme, *Gao Xingjian*
P1751. Les Grands Mots du professeur Rollin
Panacée, ribouldingue et autres mots à sauver
Le Professeur Rollin
P1752. Dans les bras de Morphée
Histoire des expressions nées de la mythologie
Isabelle Korda

P1753. Parlez-vous la langue de bois ?
Petit traité de manipulation à l'usage des innocents
Martine Chosson
P1754. Je te retrouverai, *John Irving*
P1755. L'Amant en culottes courtes, *Alain Fleischer*
P1756. Billy the Kid, *Michael Ondaatje*
P1757. Le Fou de Printzberg, *Stéphane Héaume*
P1758. La Paresseuse, *Patrick Besson*
P1759. Bleu blanc vert, *Maïssa Bey*
P1760. L'Été du sureau, *Marie Chaix*
P1761. Chroniques du crime, *Michael Connelly*
P1762. Le croque-mort enfonce le clou, *Tim Cockey*
P1763. La Ligne de flottaison, *Jean Hatzfeld*
P1764. Le Mas des alouettes, Il était une fois en Arménie
Antonia Arslan
P1765. L'Œuvre des mers, *Eugène Nicole*
P1766. Les Cendres de la colère. Le Cycle des Ombres II
Mathieu Gaborit
P1767. La Dame des abeilles. Le Cycle du latium III
Thomas B. Swann
P1768. L'Ennemi intime, *Patrick Rotman*
P1769. Nos enfants nous haïront
Denis Jeambar & Jacqueline Remy
P1770. Ma guerre contre la guerre au terrorisme, *Terry Jones*
P1771. Quand Al-Qaïda parle, *Farhad Khosrokhavar*
P1772. Les Armes secrètes de la CIA, *Gordon Thomas*
P1773. Asphodèle, *suivi de* Tableaux d'après Bruegel
William Carlos Williams
P1774. Poésie espagnole 1945-1990 (anthologie)
Claude de Frayssinet
P1775. Mensonges sur le divan, *Irvin D. Yalom*
P1776. Le Sortilège de la dague. Le Cycle de Deverry I
Katharine Kerr
P1777. La Tour de guet *suivi des* Danseurs d'Arun.
Les Chroniques de Tornor I, *Elisabeth Lynn*
P1778. La Fille du Nord, Les Chroniques de Tornor II
Elisabeth Lynn
P1779. L'Amour humain, *Andreï Makine*
P1780. Viol, une histoire d'amour, *Joyce Carol Oates*
P1781. La Vengeance de David, *Hans Werner Kettenbach*
P1782. Le Club des conspirateurs, *Jonathan Kellerman*

P1783. Sanglants Trophées, *C.J. Box*
P1784. Une ordure, *Irvine Welsh*
P1785. Owen Noone et Marauder, *Douglas Cowie*
P1786. L'Autre Vie de Brian, *Graham Parker*
P1787. Triksta, *Nick Cohn*
P1788. Une histoire politique du journalisme
Géraldine Muhlmann
P1789. Les Faiseurs de pluie.
L'histoire et l'impact futur du changement climatique
Tim Flannery
P1790. La Plus Belle Histoire de l'amour, *Dominique Simonnet*
P1791. Poèmes et proses, *Gerard Manley Hopkins*
P1792. Lieu-dit l'éternité, poèmes choisis, *Emily Dickinson*
P1793. La Couleur bleue, *Jörg Kastner*
P1794. Le Secret de l'imam bleu, *Bernard Besson*
P1795. Tant que les arbres s'enracineront
dans la terre et autres poèmes, *Alain Mabanckou*
P1796. Cité de Dieu, *E.L. Doctorow*
P1797. Le Script, *Rick Moody*
P1798. Raga, approche du continent invisible, *J.M.G. Le Clézio*
P1799. Katerina, *Aharon Appelfeld*
P1800. Une opérette à Ravensbrück, *Germaine Tillion*
P1801. Une presse sans Gutenberg.
Pourquoi Internet a révolutionné le journalisme
Bruno Patino et Jean-François Fogel
P1802. Arabesques. L'aventure de la langue en Occident
Henriette Walter et Bassam Baraké
P1803. L'Art de la ponctuation. Le point, la virgule
et autres signes fort utiles
Olivier Houdart et Sylvie Prioul
P1804. À mots découverts. Chroniques au fil de l'actualité
Alain Rey
P1805. L'Amante du pharaon, *Naguib Mahfouz*
P1806. Contes de la rose pourpre, *Michel Faber*
P1807. La Lucidité, *José Saramago*
P1808. Fleurs de Chine, *Wei-Wei*
P1809. L'Homme ralenti, *J.M. Coetzee*
P1810. Rêveurs et Nageurs, *Denis Grozdanovitch*
P1811. - 30°, *Donald Harstad*
P1812. Le Second Empire. Les Monarchies divines IV
Paul Kearney

P1813. Été machine, *John Crowley*
P1814. Ils sont votre épouvante, et vous êtes leur crainte *Thierry Jonquet*
P1815. Paperboy, *Pete Dexter*
P1816. Bad City blues, *Tim Willocks*
P1817. Le Vautour, *Gil Scott Heron*
P1818. La Peur des bêtes, *Enrique Serna*
P1819. Accessible à certaine mélancolie, *Patrick Besson*
P1820. Le Diable de Milan, *Martin Suter*
P1821. Funny Money, *James Swain*
P1822. J'ai tué Kennedy ou les mémoires d'un garde du corps *Manuel Vázquez Montalbán*
P1823. Assassinat à Prado del Rey et autres histoires sordides *Manuel Vázquez Montalbán*
P1824. Laissez entrer les idiots. Témoignage d'un autiste *Kamran Nazeer*
P1825. Patients si vous saviez, *Christian Lehmann*
P1826. La Société cancérigène *Geneviève Barbier et Armand Farrachi*
P1827. La Mort dans le sang, *Joshua Spanogle*
P1828. Une âme de trop, *Brigitte Aubert*
P1829. Non, ce pays n'est pas pour le vieil homme *Cormac McCarthy*
P1830. La Psy, *Jonathan Kellerman*
P1831. La Voix, *Arnaldur Indridason*
P1832. Les Nouvelles Enquêtes du juge Ti, vol. 4 Petits meurtres entre moines, *Frédéric Lenormand*
P1833. Les Nouvelles Enquêtes du juge Ti, vol. 5 Madame Ti mène l'enquête, *Frédéric Lenormand*
P1834. La Mémoire courte, *Louis-Ferdinand Despreez*
P1835. Les Morts du Karst, *Veit Heinichen*
P1836. Un doux parfum de mort, *Guillermo Arriaga*
P1837. Bienvenue en enfer, *Clarence L. Cooper*
P1838. Le Roi des fourmis, *Charles Higson*
P1839. La Dernière Arme, *Philip Le Roy*
P1840. Désaxé, *Marcus Sakey*
P1841. Opération Vautour, *Stephen W. Frey*
P1842. Éloge du gaucher, *Jean-Paul Dubois*
P1843. Le Livre d'un homme seul, *Gao Xingjian*
P1844. La Glace, *Vladimir Sorokine*
P1845. Je voudrais tant revenir, *Yves Simon*

P1846. Au cœur de ce pays, *J.M. Coetzee*
P1847. La Main blessée, *Patrick Grainville*
P1848. Promenades anglaises, *Christine Jordis*
P1849. Scandale et folies.
Neuf récits du monde où nous sommes, *Gérard Mordillat*
P1850. Un mouton dans la baignoire, *Azouz Begag*
P1851. Rescapée, *Fiona Kidman*
P1852. Le Sortilège de l'ombre. Le Cycle de Deverry II
Katharine Kerr
P1853. Comment aiment les femmes. Du désir et des hommes
Maryse Vaillant
P1854. Courrier du corps. Nouvelles voies de l'anti-gymnastique
Thérèse Bertherat
P1855. Restez zen. La méthode du chat, *Henri Brunel*
P1856. Le Jardin de ciment, *Ian McEwan*
P1857. L'Obsédé (L'Amateur), *John Fowles*
P1858. Moustiques, *William Faulkner*
P1859. Givre et Sang, *John Cowper Powys*
P1860. Le Bon Vieux et la Belle Enfant, *Italo Svevo*
P1861. Le Mystère Tex Avery, *Robert Benayoun*
P1862. La Vie aux aguets, *William Boyd*
P1863. L'amour est une chose étrange, *Joseph Connolly*
P1864. Mossad, les nouveaux défis, *Gordon Thomas*
P1865. 1968, Une année autour du monde, *Raymond Depardon*
P1866. Les Maoïstes, *Christophe Bourseiller*
P1867. Floraison sauvage, *Aharon Appelfeld*
P1868. Et il y eut un matin, *Sayed Kashua*
P1869. 1 000 mots d'esprit, *Claude Gagnière*
P1870. Le Petit Grozda. Les merveilles oubliées du Littré
Denis Grozdanovitch
P1871. Romancero gitan, *Federico García Lorca*
P1872. La Vitesse foudroyante du passé, *Raymond Carver*
P1873. Ferrements et autres poèmes, *Aimé Césaire*
P1874. La force qui nous manque, *Eva Joly*
P1875. Les Enfants des morts, *Elfriede Jelinek*
P1876. À poèmes ouverts, *Anthologie Printemps des poètes*
P1877. Le Peintre de batailles, *Arturo Pérez-Reverte*
P1878. La Fille du Cannibale, *Rosa Montero*
P1879. Blue Angel, *Francine Prose*
P1880. L'Armée du salut, *Abdellah Taïa*
P1881. Grille de parole, *Paul Celan*

P1882. Nouveaux poèmes *suivis de* Requiem, *Rainer Maria Rilke*
P1883. Dissimulation de preuves, *Donna Leon*
P1884. Une erreur judiciaire, *Anne Holt*
P1885. Honteuse, *Karin Alvtegen*
P1886. La Mort du privé, *Michael Koryta*
P1887. Tea-Bag, *Henning Mankell*
P1888. Le Royaume des ombres, *Alan Furst*
P1889. Fenêtres de Manhattan, *Antonio Muñoz Molina*
P1890. Tu chercheras mon visage, *John Updike*
P1891. Fonds de tiroir, *Pierre Desproges*
P1892. Desproges est vivant, *Pierre Desproges*
P1893. Les Vaisseaux de l'ouest. Les Monarchies divines V
Paul Kearney
P1894. Le Quadrille des assassins. La Trilogie Morgenstern I
Hervé Jubert
P1895. Un tango du diable. La Trilogie Morgenstern II
Hervé Jubert
P1896. La Ligue des héros. Le Cycle de Kraven I
Xavier Mauméjean
P1897. Train perdu, wagon mort, *Jean-Bernard Pouy*
P1898. Cantique des gisants, *Laurent Martin*
P1899. La Nuit de l'abîme, *Juris Jurjevics*
P1900. Tango, *Elsa Osorio*
P1901. Julien, *Gore Vidal*
P1902. La Belle Vie, *Jay McInerney*
P1903. La Baïne, *Eric Holder*
P1904. Livre des chroniques III, *António Lobo Antunes*
P1905. Ce que je sais (Mémoires 1), *Charles Pasqua*
P1906. La Moitié de l'âme, *Carme Riera*
P1907. Drama City, *George P. Pelecanos*
P1908. Le Marin de Dublin, *Hugo Hamilton*
P1909. La Mère des chagrins, *Richard McCann*
P1910. Des louves, *Fabienne Jacob*
P1911. La Maîtresse en maillot de bain. Quatre récits d'enfance
Yasmina Khadra, Paul Fournel,
Dominique Sylvain et Marc Villard
P1912. Un si gentil petit garçon, *Jean-Loup Chiflet*
P1913. Saveurs assassines. Les enquêtes de Miss Lalli
Kalpana Swaminathan
P1914. La Quatrième Plaie, *Patrick Bard*
P1915. Mon sang retombera sur vous, *Aldo Moro*

P1916. On ne naît pas Noir, on le devient
Jean-Louis Sagot-Duvauroux
P1917. La Religieuse de Madrigal, *Michel del Castillo*
P1918. Les Princes de Francalanza, *Federico de Roberto*
P1919. Le Conte du ventriloque, *Pauline Melville*
P1920. Nouvelles chroniques au fil de l'actualité.
Encore des mots à découvrir, *Alain Rey*
P1921. Le mot qui fait mouche. Dictionnaire amusant
et instructif des phrases les plus célèbres de l'histoire
Gilles Henry
P1922. Les Pierres sauvages, *Fernand Pouillon*
P1923. Ce monde est mon partage et celui du démon
Dylan Thomas
P1924. Bright Lights, Big City, *Jay McInerney*
P1925. À la merci d'un courant violent, *Henry Roth*
P1926. Un rocher sur l'Hudson, *Henry Roth*
P1927. L'amour fait mal, *William Boyd*
P1928. Anthologie de poésie érotique, *Jean-Paul Goujon (dir.)*
P1929. Hommes entre eux, *Jean-Paul Dubois*
P1930. Ouest, *François Vallejo*
P1931. La Vie secrète de E. Robert Pendleton, *Michael Collins*
P1932. Dara, *Patrick Besson*
P1933. Le Livre pour enfants, *Christophe Honoré*
P1934. La Méthode Schopenhauer, *Irvin D. Yalom*
P1935. Echo Park, *Michael Connelly*
P1936. Les Rescapés du Styx, *Jane Urquhart*
P1937. L'Immense Obscurité de la mort, *Massimo Carlotto*
P1938. Hackman blues, *Ken Bruen*
P1939. De soie et de sang, *Qiu Xiaolong*
P1940. Les Thermes, *Manuel Vázquez Montalbán*
P1941. Femme qui tombe du ciel, *Kirk Mitchell*
P1942. Passé parfait, *Leonardo Padura*
P1943. Contes barbares, *Craig Russell*
P1944. La Mort à nu, *Simon Beckett*
P1945. La Nuit de l'infamie, *Michael Cox*
P1946. Les Dames de nage, *Bernard Giraudeau*
P1947. Les Aventures de Minette Accentiévitch, *Vladan Matijeviç*
P1948. Jours de juin, *Julia Glass*
P1949. Les Petits Hommes verts, *Christopher Buckley*
P1950. Dictionnaire des destins brisés du rock
Bruno de Stabenrath

P1951. L'Ère des dragons. Le Cycle de Kraven II
Xavier Mauméjean
P1952. Sabbat Samba. La Trilogie Morgenstern III
Hervé Jubert
P1953. Pour le meilleur et pour l'empire, *James Hawes*
P1954. Doctor Mukti, *Will Self*
P1955. Comme un père, *Laurence Tardieu*
P1956. Sa petite chérie, *Colombe Schneck*
P1957. Tigres et Tigresses. Histoire intime des couples présidentiels sous la Vᵉ République, *Christine Clerc*
P1958. Le Nouvel Hollywood, *Peter Biskind*
P1959. Le Tueur en pantoufles, *Frédéric Dard*
P1960. On demande un cadavre, *Frédéric Dard*
P1961. La Grande Friture, *Frédéric Dard*
P1962. Carnets de naufrage, *Guillaume Vigneault*
P1963. Jack l'éventreur démasqué, *Sophie Herfort*
P1964. Chicago banlieue sud, *Sara Paretsky*
P1965. L'Illusion du péché, *Alexandra Marinina*
P1966. Viscéral, *Rachid Djaïdani*
P1967. La Petite Arabe, *Alicia Erian*
P1968. Pampa, *Pierre Kalfon*
P1969. Les Cathares. Brève histoire d'un mythe vivant
Henri Gougaud
P1970. Le Garçon et la Mer, *Kirsty Gunn*
P1971. L'Heure verte, *Frederic Tuten*
P1972. Le Chant des sables, *Brigitte Aubert*
P1973. La Statue du commandeur, *Patrick Besson*
P1974. Mais qui est cette personne allongée dans le lit à côté de moi ?, *Alec Steiner*
P1975. À l'abri de rien, *Olivier Adam*
P1976. Le Cimetière des poupées, *Mazarine Pingeot*
P1977. Le Dernier Frère, *Natacha Appanah*
P1978. La Robe, *Robert Alexis*
P1979. Le Goût de la mère, *Edward St Aubyn*
P1980. Arlington Park, *Rachel Cusk*
P1981. Un acte d'amour, *James Meek*
P1982. Karoo boy, *Troy Blacklaws*
P1983. Toutes ces vies qu'on abandonne, *Virginie Ollagnier*
P1984. Un peu d'espoir. La trilogie Patrick Melrose
Edward St Aubyn
P1985. Ces femmes qui nous gouvernent, *Christine Ockrent*

P1986. Shakespeare, la biographie, *Peter Ackroyd*
P1987. La Double Vie de Virginia Woolf
Geneviève Brisac, Agnès Desarthe
P1988. Double Homicide, *Faye et Jonathan Kellerman*
P1989. La Couleur du deuil, *Ravi Shankar Etteth*
P1990. Le Mur du silence, *Hakan Nesser*
P1991. Mason & Dixon, *Thomas Pynchon*
P1992. Allumer le chat, *Barbara Constantine*
P1993. La Stratégie des antilopes, *Jean Hatzfeld*
P1994. Mauricio ou les Élections sentimentales
Eduardo Mendoza
P1995. La Zone d'inconfort. Une histoire personnelle
Jonathan Franzen
P1996. Un goût de rouille et d'os, *Craig Davidson*
P1997. La Porte des larmes. Retour vers l'Abyssinie
Jean-Claude Guillebaud, Raymond Depardon
P1998. Le Baiser d'Isabelle.
L'aventure de la première greffe du visage
Noëlle Châtelet
P1999. Poésies libres, *Guillaume Apollinaire*
P2000. Ma grand-mère avait les mêmes.
Les dessous affriolants des petites phrases
Philippe Delerm
P2001. Le Français dans tous les sens, *Henriette Walter*
P2002. Bonobo, gazelle & Cie, *Henriette Walter, Pierre Avenas*
P2003. Noir corbeau, *Joel Rose*
P2004. Coupable, *Davis Hosp*
P2005. Une canne à pêche pour mon grand-père, *Gao Xingjian*
P2006. Le Clocher de Kaliazine. Études et miniatures
Alexandre Soljenitsyne
P2007. Rêveurs, *Knut Hamsun*
P2008. Pelures d'oignon, *Günter Grass*
P2009. De l'aube au crépuscule, *Rabindranath Tagore*
P2010. Les Sept Solitudes de Lorsa Lopez, *Sony Labou Tansi*
P2011. La Première Femme, *Nedim Gürsel*
P2012. Le Tour du monde en 14 jours, 7 escales, 1 visa
Raymond Depardon
P2013. L'Aïeul, *Aris Fakinos*
P2014. Les Exagérés, *Jean-François Vilar*
P2015. Le Pic du Diable, *Deon Meyer*
P2016. Le Temps de la sorcière, *Arni Thorarinsson*

P2017. Écrivain en 10 leçons, *Philippe Ségur*
P2018. L'Assassinat de Jesse James par le lâche Robert Ford *Ron Hansen*
P2019. Tu crois que c'est à moi de rappeler ? Transports parisiens 2, *Alec Steiner*
P2020. À la recherche de Klingsor, *Jorge Volpi*
P2021. Une saison ardente, *Richard Ford*
P2022. Un sport et un passe-temps, *James Salter*
P2023. Eux, *Joyce Carol Oates*
P2024. Mère disparue, *Joyce Carol Oates*
P2025. La Mélopée de l'ail paradisiaque, *Mo Yan*
P2026. Un bonheur parfait, *James Salter*
P2027. Le Blues du tueur à gages, *Lawrence Block*
P2028. Le Chant de la mission, *John le Carré*
P2029. L'Ombre de l'oiseau-lyre, *Andres Ibañez*
P2030. Les Arnaqueurs aussi, *Laurent Chalumeau*
P2031. Hello Goodbye, *Moshé Gaash*
P2032. Le Sable et l'Écume et autres poèmes, *Khalil Gibran*
P2033. La Rose et autres poèmes, *William Butler Yeats*
P2034. La Méridienne, *Denis Guedj*
P2035. Une vie avec Karol, *Stanislao Dziwisz*
P2036. Les Expressions de nos grands-mères *Marianne Tillier*
P2037. Sky my husband ! The integrale / Ciel mon mari ! L'intégrale, Dictionary of running english / Dictionnaire de l'anglais courant, *Jean-Loup Chiflet*
P2038. Dynamite Road, *Andrew Klavan*
P2039. Classe à part, *Joanne Harris*
P2040. La Dame de cœur, *Carmen Posadas*
P2041. Ultimatum (En retard pour la guerre), *Valérie Zénatti*
P2042. 5 octobre, 23 h 33, *Donald Harstad*
P2043. La Griffe du chien, *Don Wislow*
P2044. Les Nouvelles Enquêtes du juge Ti, vol. 6 Mort d'un cuisinier chinois, *Frédéric Lenormand*
P2045. Divisadero, *Michael Ondaatje*
P2046. L'Arbre du dieu pendu, *Alejandro Jodorowsky*
P2047. Découpé en tranches, *Zep*
P2048. La Pension Eva, *Andrea Camilleri*
P2049. Le Cousin de Fragonard, *Patrick Roegiers*
P2050. Pimp, *Iceberg Slim*
P2051. Graine de violence, *Evan Hunter (alias Ed McBain)*

P2052. Les Rêves de mon père. Un héritage en noir et blanc
Barack Obama
P2053. Le Centaure, *John Updike*
P2054. Jusque-là tout allait bien en Amérique.
Chroniques de la vie américaine 2, *Jean-Paul Dubois*
P2055. Les juins ont tous la même peau. Rapport sur Boris Vian
Chloé Delaume
P2056. De sang et d'ébène, *Donna Leon*
P2057. Passage du Désir, *Dominique Sylvain*
P2058. L'Absence de l'ogre, *Dominique Sylvain*
P2059. Le Labyrinthe grec, *Manuel Vázquez Montalbán*
P2060. Vents de carême, *Leonardo Padura*
P2061. Cela n'arrive jamais, *Anne Holt*
P2062. Un sur deux, *Steve Mosby*
P2063. Monstrueux, *Natsuo Kirino*
P2064. Reflets de sang, *Brigitte Aubert*
P2065. Commis d'office, *Hannelore Cayre*
P2066. American Gangster, *Max Allan Collins*
P2067. Le Cadavre dans la voiture rouge
Ólafur Haukur Símonarson
P2068. Profondeurs, *Henning Mankell*
P2069. Néfertiti dans un champ de canne à sucre
Philippe Jaenada
P2070. Les Brutes, *Philippe Jaenada*
P2071. Milagrosa, *Mercedes Deambrosis*
P2072. Lettre à Jimmy, *Alain Mabanckou*
P2073. Volupté singulière, *A.L. Kennedy*
P2074. Poèmes d'amour de l'Andalousie à la mer Rouge.
Poésie amoureuse hébraïque, *Anthologie*
P2075. Quand j'écris je t'aime
suivi de Le Prolifique et Le Dévoreur
W.H. Auden
P2076. Comment éviter l'amour et le mariage
Dan Greenburg, Suzanne O'Malley
P2077. Le Fouet, *Martine Rofinella*
P2078. Cons, *Juan Manuel Prada*
P2079. Légendes de Catherine M., *Jacques Henric*
P2080. Le Beau Sexe des hommes, *Florence Ehnuel*
P2081. G., *John Berger*
P2082. Sombre comme la tombe où repose mon ami
Malcolm Lowry

P2083. Le Pressentiment, *Emmanuel Bove*
P2084. L'Art du roman, *Virginia Woolf*
P2085. Le Clos Lothar, *Stéphane Héaume*
P2086. Mémoires de nègre, *Abdelkader Djemaï*
P2087. Le Passé, *Alan Pauls*
P2088. Bonsoir les choses d'ici-bas, *António Lobo Antunes*
P2089. Les Intermittences de la mort, *José Saramago*
P2090. Même le mal se fait bien, *Michel Folco*
P2091. Samba Triste, *Jean-Paul Delfino*
P2092. La Baie d'Alger, *Louis Gardel*
P2093. Retour au noir, *Patrick Raynal*
P2094. L'Escadron Guillotine, *Guillermo Arriaga*
P2095. Le Temps des cendres, *Jorge Volpi*
P2096. Frida Khalo par Frida Khalo. Lettres 1922-1954
Frida Khalo
P2097. Anthologie de la poésie mexicaine, *Claude Beausoleil*
P2098. Les Yeux du dragon, petits poèmes chinois, *Anthologie*
P2099. Seul dans la splendeur, *John Keats*
P2100. Beaux Présents, Belles Absentes, *Georges Perec*
P2101. Les Plus Belles Lettres du professeur Rollin.
Ou comment écrire au roi d'Espagne
pour lui demander la recette du gaspacho
François Rollin
P2102. Répertoire des délicatesses du français contemporain
Renaud Camus
P2103. Un lien étroit, *Christine Jordis*
P2104. Les Pays lointains, *Julien Green*
P2105. L'Amérique m'inquiète.
Chroniques de la vie américaine 1, *Jean-Paul Dubois*
P2106. Moi je viens d'où ? *suivi de* C'est quoi l'intelligence ?
et de E = CM2, *Albert Jacquard, Marie-José Auderset*
P2107. Moi et les autres, initiation à la génétique
Albert Jacquard
P2108. Quand est-ce qu'on arrive ?, *Howard Buten*
P2109. Tendre est la mer, *Philip Plisson, Yann Queffélec*
P2110. Tabarly, *Yann Queffélec*
P2111. Les Hommes à terre, *Bernard Giraudeau*
P2112. Le Phare appelle à lui la tempête et autres poèmes
Malcolm Lowry
P2113. L'Invention des Désirades et autres poèmes
Daniel Maximin

P2114. Antartida, *Francisco Coloane*
P2115. Brefs Aperçus sur l'éternel féminin, *Denis Grozdanovitch*
P2116. Le Vol de la mésange, *François Maspero*
P2117. Tordu, *Jonathan Kellerman*
P2118. Flic à Hollywood, *Joseph Wambaugh*
P2119. Ténébreuses, *Karin Alvtegen*
P2120. La Chanson du jardinier. Les enquêtes de Miss Lalli
Kalpana Swaminathan
P2121. Portrait de l'écrivain en animal domestique, *Lydie Salvayre*
P2122. In memoriam, *Linda Lê*
P2123. Les Rois écarlates, *Tim Willocks*
P2124. Arrivederci amore, *Massimo Carlotto*
P2125. Les Carnets de monsieur Manatane
Benoît Poelvoorde, Pascal Lebrun
P2126. Guillon aggrave son cas, *Stéphane Guillon*
P2127. Le Manuel du parfait petit masochiste
Dan Greenburg, Marcia Jacobs
P2128. Shakespeare et moi, *Woody Allen*
P2129. Pour en finir une bonne fois pour toutes avec la culture
Woody Allen
P2130. Porno, *Irvine Welsh*
P2131. Jubilee, *Margaret Walker*
P2132. Michael Tolliver est vivant, *Armistead Maupin*
P2133. Le Saule, *Hubert Selby Jr*
P2134. Les Européens, *Henry James*
P2135. Comédie new-yorkaise, *David Schickler*
P2136. Professeur d'abstinence, *Tom Perrotta*
P2137. Haut vol : histoire d'amour, *Peter Carey*
P2139. La Danseuse de Mao, *Qiu Xiaolong*
P2140. L'Homme délaissé, *C.J. Box*
P2141. Les Jardins de la mort, *George P. Pelecanos*
P2142. Avril rouge, *Santiago Roncagliolo*
P2143. Ma mère, *Richard Ford*
P2144. Comme une mère, *Karine Reysset*
P2145. Titus d'Enfer. La Trilogie de Gormenghast, 1
Mervyn Peake
P2146. Gormenghast. La Trilogie de Gormenghast, 2
Mervyn Peake
P2147. Au monde.
Ce qu'accoucher veut dire : une sage-femme raconte…
Chantal Birman

P2148. Du plaisir à la dépendance.
Nouvelles thérapies, nouvelles addictions
Michel Lejoyeux

P2149. Carnets d'une longue marche.
Nouvelle marche d'Istanbul à Xi'an
Bernard Ollivier, François Dermaut

P2150. Treize Lunes, *Charles Frazier*

P2151. L'Amour du français.
Contre les puristes et autres censeurs de la langue
Alain Rey

P2152. Le Bout du rouleau, *Richard Ford*

P2153. Belle-sœur, *Patrick Besson*

P2154. Après, Fred Chichin est mort, *Pascale Clark*

P2155. La Leçon du maître et autres nouvelles, *Henry James*

P2156. La Route, *Cormac McCarthy*

P2157. À genoux, *Michael Connelly*

P2158. Baka !, *Dominique Sylvain*

P2159. Toujours L.A., *Bruce Wagner*

P2160. C'est la vie, *Ron Hansen*

P2161. Groom, *François Vallejo*

P2162. Les Démons de Dexter, *Jeff Lindsay*

P2163. Journal 1942-1944, *Hélène Berr*

P2164. Journal 1942-1944 (édition scolaire), *Hélène Berr*

P2165. Pura vida. Vie et Mort de William Walker, *Patrick Deville*

P2166. Terroriste, *John Updike*

P2167. Le Chien de Dieu, *Patrick Bard*

P2168. La Trace, *Richard Collasse*

P2169. L'Homme du lac, *Arnaldur Indridason*

P2170. Et que justice soit faite, *Michael Koryta*

P2171. Le Dernier des Weynfeldt, *Martin Suter*

P2172. Le Noir qui marche à pied, *Louis-Ferdinand Despreez*

P2173. Abysses, *Frank Schätzing*

P2174. L'Audace d'espérer. Un nouveau rêve américain
Barack Obama

P2175. Une Mercedes blanche avec des ailerons, *James Hawes*

P2176. La Fin des mystères, *Scarlett Thomas*

P2177. La Mémoire neuve, *Jérôme Lambert*

P2178. Méli-vélo. Abécédaire amoureux du vélo, *Paul Fournel*

P2179. Le Prince des braqueurs, *Chuck Hogan*

P2180. Corsaires du Levant, *Arturo Pérez-Reverte*

P2181. Mort sur liste d'attente, *Veit Heinichen*

P2182. Héros et Tombes, *Ernesto Sabato*
P2183. Teresa l'après-midi, *Juan Marsé*
P2184. Titus errant. La Trilogie de Gormenghast, 3
Mervyn Peake
P2185. Julie & Julia. Sexe, blog et bœuf bourguignon
Julie Powell
P2186. Le Violon d'Hitler, *Igal Shamir*
P2187. La mère qui voulait être femme, *Maryse Wolinski*
P2188. Le Maître d'amour, *Maryse Wolinski*
P2189. Les Oiseaux de Bangkok, *Manuel Vázquez Montalbán*
P2190. Intérieur Sud, *Bertrand Visage*
P2191. L'homme qui voulait voir Mahona, *Henri Gougaud*
P2192. Écorces de sang, *Tana French*
P2193. Café Lovely, *Rattawut Lapcharoensap*
P2194. Vous ne me connaissez pas, *Joyce Carol Oates*
P2195. La Fortune de l'homme et autres nouvelles
Anne Brochet
P2196. L'Été le plus chaud, *Zsuzsa Bánk*
P2197. Ce que je sais… Un magnifique désastre 1988-1995.
Mémoires 2, *Charles Pasqua*
P2198. Ambre, vol. 1, *Kathleen Winsor*
P2199. Ambre, vol. 2, *Kathleen Winsor*
P2200. Mauvaises Nouvelles des étoiles, *Serge Gainsbourg*
P2201. Jour de souffrance, *Catherine Millet*
P2202. Le Marché des amants, *Christine Angot*
P2203. L'État des lieux, *Richard Ford*
P2204. Le Roi de Kahel, *Tierno Monénembo*
P2205. Fugitives, *Alice Munro*
P2206. La Beauté du monde, *Michel Le Bris*
P2207. La Traversée du Mozambique par temps calme
Patrice Pluyette
P2208. Ailleurs, *Julia Leigh*
P2209. Un diamant brut, *Yvette Szczupak-Thomas*
P2210. Trans, *Pavel Hak*
P2211. Peut-être une histoire d'amour, *Martin Page*
P2212. Peuls, *Tierno Monénembo*
P2214. Le Cas Sonderberg, *Elie Wiesel*
P2215. Fureur assassine, *Jonathan Kellerman*
P2216. Misterioso, *Arne Dahl*
P2217. Shotgun Alley, *Andrew Klavan*
P2218. Déjanté, *Hugo Hamilton*

P2219. La Récup, *Jean-Bernard Pouy*
P2221. Les Accommodements raisonnables, *Jean-Paul Dubois*
P2222. Les Confessions de Max Tivoli, *Andrew Sean Greer*
P2223. Le pays qui vient de loin, *André Bucher*
P2224. Le Supplice du santal, *Mo Yan*
P2225. La Véranda, *Robert Alexis*
P2226. Je ne sais rien… mais je dirai (presque) tout
Yves Bertrand
P2227. Un homme très recherché, *John le Carré*
P2228. Le Correspondant étranger, *Alan Furst*
P2229. Brandebourg, *Henry Porter*
P2230. J'ai vécu 1 000 ans, *Mariolina Venezia*
P2231. La Conquistadora, *Eduardo Manet*
P2232. La Sagesse des fous, *Einar Karason*
P2233. Un chasseur de lions, *Olivier Rolin*
P2234. Poésie des troubadours. Anthologie, *Henri Gougaud (dir.)*
P2235. Chacun vient avec son silence. Anthologie
Jean Cayrol
P2236. Badenheim 1939, *Aharon Appelfeld*
P2237. Le Goût sucré des pommes sauvages, *Wallace Stegner*
P2238. Un mot pour un autre, *Rémi Bertrand*
P2239. Le Bêtisier de la langue française, *Claude Gagnière*
P2240. Esclavage et Colonies, *G. J. Danton et L. P. Dufay,*
L. Sédar Senghor, C. Taubira
P2241. Race et Nation, *M. L. King, E. Renan*
P2242. Face à la crise, *B. Obama, F. D. Roosevelt*
P2243. Face à la guerre, *W. Churchill, général de Gaulle*
P2244. La Non-Violence, *Mahatma Gandhi, Dalaï Lama*
P2245. La Peine de mort, *R. Badinter, M. Barrès*
P2246. Avortement et Contraception, *S. Veil, L. Neuwirth*
P2247. Les Casseurs et l'Insécurité
F. Mitterrand et M. Rocard, N. Sarkozy
P2248. La Mère de ma mère, *Vanessa Schneider*
P2249. De la vie dans son art, de l'art dans sa vie
Anny Duperey et Nina Vidrovitch
P2250. Desproges en petits morceaux. Les meilleures citations
Pierre Desproges
P2251. Dexter I, II, III, *Jeff Lindsay*
P2252. God's pocket, *Pete Dexter*
P2253. En effeuillant Baudelaire, *Ken Bruen*
P2254. Meurtres en bleu marine, *C.J. Box*

P2255. Le Dresseur d'insectes, *Arni Thorarinsson*
P2256. La Saison des massacres, *Giancarlo de Cataldo*
P2257. Évitez le divan
Petit guide à l'usage de ceux qui tiennent à leurs symptômes
Philippe Grimbert
P2258. La Chambre de Mariana, *Aharon Appelfeld*
P2259. La Montagne en sucre, *Wallace Stegner*
P2260. Un jour de colère, *Arturo Pérez-Reverte*
P2261. Le Roi transparent, *Rosa Montero*
P2262. Le Syndrome d'Ulysse, *Santiago Gamboa*
P2263. Catholique anonyme, *Thierry Bizot*
P2264. Le Jour et l'Heure, *Guy Bedos*
P2265. Le Parlement des fées
I. L'Orée des bois, *John Crowley*
P2266. Le Parlement des fées
II. L'Art de la mémoire, *John Crowley*
P2267. Best-of Sarko, *Plantu*
P2268. 99 Mots et Expressions à foutre à la poubelle
Jean-Loup Chiflet
P2269. Le Baleinié. Dictionnaire des tracas
Christine Murillo, Jean-Claude Leguay, Grégoire Œstermann
P2270. Couverture dangereuse, *Philippe Le Roy*
P2271. Quatre Jours avant Noël, *Donald Harstad*
P2272. Petite Bombe noire, *Christopher Brookmyre*
P2273. Journal d'une année noire, *J.M. Coetzee*
P2274. Faites vous-même votre malheur, *Paul Watzlawick*
P2275. Paysans, *Raymond Depardon*
P2276. Homicide special, *Miles Corwin*
P2277. Mort d'un Chinois à La Havane, *Leonardo Padura*
P2278. Le Radeau de pierre, *José Saramago*
P2279. Contre-jour, *Thomas Pynchon*
P2280. Trick Baby, *Iceberg Slim*
P2281. Perdre est une question de méthode
Santiago Gamboa
P2282. Le Rocher de Montmartre, *Joanne Harris*
P2283. L'Enfant du Jeudi noir, *Alejandro Jodorowsky*
P2284. Lui, *Patrick Besson*
P2285. Tarabas, *Joseph Roth*
P2286. Le Cycliste de San Cristobal, *Antonio Skármeta*
P2287. Récit des temps perdus, *Aris Fakinos*

P2288. L'Art délicat du deuil
Les nouvelles enquêtes du juge Ti (vol. 7)
Frédéric Lenormand
P2289. Ceux qu'on aime, *Steve Mosby*
P2290. Lemmer, l'invisible, *Deon Meyer*
P2291. Requiem pour une cité de verre, *Donna Leon*
P2292. La Fille du Samouraï, *Dominique Sylvain*
P2293. Le Bal des débris, *Thierry Jonquet*
P2294. Beltenebros, *Antonio Muñoz Molina*
P2295. Le Bison de la nuit, *Guillermo Arriaga*
P2296. Le Livre noir des serial killers, *Stéphane Bourgoin*
P2297. Une tombe accueillante, *Michael Koryta*
P2298. Roldán, ni mort ni vif, *Manuel Vásquez Montalbán*
P2299. Le Petit Frère, *Manuel Vásquez Montalbán*
P2300. Poussière d'os, *Simon Beckett*
P2301. Le Cerveau de Kennedy, *Henning Mankell*
P2302. Jusque-là… tout allait bien !, *Stéphane Guillon*
P2303. Une parfaite journée parfaite, *Martin Page*
P2304. Corps volatils, *Jakuta Alikavazovic*
P2305. De l'art de prendre la balle au bond
Précis de mécanique gestuelle et spirituelle
Denis Grozdanovitch
P2306. Regarde la vague, *François Emmanuel*
P2307. Des vents contraires, *Olivier Adam*
P2308. Le Septième Voile, *Juan Manuel de Prada*
P2309. Mots d'amour secrets.
100 lettres à décoder pour amants polissons
Jacques Perry-Salkow, Frédéric Schmitter
P2310. Carnets d'un vieil amoureux, *Marcel Mathiot*
P2311. L'Enfer de Matignon, *Raphaëlle Bacqué*
P2312. Un État dans l'État. Le contre-pouvoir maçonnique
Sophie Coignard
P2313. Les Femelles, *Joyce Carol Oates*
P2314. Ce que je suis en réalité demeure inconnu, *Virginia Woolf*
P2315. Luz ou le temps sauvage, *Elsa Osorio*
P2316. Le Voyage des grands hommes, *François Vallejo*
P2317. Black Bazar, *Alain Mabanckou*
P2318. Les Crapauds-brousse, *Tierno Monénembo*
P2319. L'Anté-peuple, *Sony Labou Tansi*
P2320. Anthologie de Poésie africaine,
Six poètes d'Afrique francophone, *Alain Mabanckou (dir.)*

P2321. La Malédiction du lamentin, *Moussa Konaté*
P2322. Green Zone *Rajiv Chandrasekaran*
P2323. L'Histoire d'un mariage, *Andrew Sean Greer*
P2324. Gentlemen, *Klas Östergren*
P2325. La Belle aux oranges, *Jostein Gaarder*
P2326. Bienvenue à Egypt Farm, *Rachel Cusk*
P2327. Plage de Manacorra, 16 h 30, *Philippe Jaenada*
P2328. La Vie d'un homme inconnu, *Andreï Makine*
P2329. L'Invité, *Hwang Sok-yong*
P2330. Petit Abécédaire de culture générale
40 mots-clés passés au microscope, *Albert Jacquard*
P2331. La Grande Histoire des codes secrets, *Laurent Joffrin*
P2332. La Fin de la folie, *Jorge Volpi*
P2333. Le Transfuge, *Robert Littell*
P2334. J'ai entendu pleurer la forêt, *Françoise Perriot*
P2335. Nos grand-mères savaient
Petit dictionnaire des plantes qui guérissent, *Jean Palaiseul*
P2336. Journée d'un opritchnik, *Vladimir Sorokine*
P2337. Cette France qu'on oublie d'aimer, *Andreï Makine*
P2338. La Servante insoumise, *Jane Harris*
P2339. Le Vrai Canard, *Karl Laske, Laurent Valdiguié*
P2340. Vie de poète, *Robert Walser*
P2341. Sister Carrie, *Theodore Dreiser*
P2342. Le Fil du rasoir, *William Somerset Maugham*
P2343. Anthologie. Du rouge aux lèvres. Haïjin japonaises.
Haïkus de poétesses japonaises du Moyen Age à nos jours
P2344. Poèmes choisis, *Marceline Desbordes-Valmore*
P2345. « Je souffre trop, je t'aime trop », Passions d'écrivains
sous la direction de Patrick et Olivier Poivre d'Arvor
P2346. « Faut-il brûler ce livre ? », Écrivains en procès
sous la direction de Patrick et Olivier Poivre d'Arvor
P2347. A ciel ouvert, *Nelly Arcan*
P2348. L'Hirondelle avant l'orage, *Robert Littell*
P2349. Fuck America, *Edgar Hilsenrath*
P2350. Départs anticipés, *Christopher Buckley*
P2351. Zelda, *Jacques Tournier*
P2352. Anesthésie localets, *Günter Grass*
P2353. Les filles sont au café, *Geneviève Brisac*
P2354. Comédies en tout genre, *Jonathan Kellerman*
P2355. L'Athlète, *Knut Faldbakken*
P2356. Le Diable de Blind River, *Steve Hamilton*

P2357. Desproges à la Comédie-Française.
Une pièce de Christian Gonon
Pierre Desproges
P2358. La Lampe d'Aladino et autres histoires pour vaincre l'oubli
Luis Sepúlveda
P2359. Julius Winsome, *Gerard Donovan*
P2360. Speed Queen, *Stewart O'Nan*
P2361. Dope, *Sara Gran*
P2362. De ma prison, *Taslima Nasreen*
P2363. Les Ghettos du Gotha.
Au cœur de la grande bourgeoisie
Michel Pinçon et Monique Pinçon-Charlot
P2364. Je dépasse mes peurs et mes angoisses
Christophe André et Muzo
P2365. Afriques, *Raymond Depardon*
P2366. La Couleur du bonheur, *Wei-Wei*
P2367. La Solitude des nombres premiers
Paolo Giordano
P2368. Des histoires pour rien, *Lorrie Moore*
P2369. Déroutes, *Lorrie Moore*
P2370. Le Sang des Dalton, *Ron Hansen*
P2371. La Décimation, *Rick Bass*
P2372. La Rivière des Indiens, *Jeffrey Lent*
P2373. L'Agent indien, *Dan O'Brien*
P2375. Des héros ordinaires, *Eva Joly*
P2376. Le Grand Voyage de la vie.
Un père raconte à son fils
Tiziano Terzani
P2377. Naufrages, *Francisco Coloane*
P2378. Le Remède et le Poison, *Dirk Wittenbork*
P2379. Made in China, *J. M. Erre*
P2380. Joséphine, *Jean Rolin*
P2381. Un mort à l'hôtel Koryo, *James Church*
P2382. Ciels de foudre, *C.J. Box*
P2383. Robin des bois, prince des voleurs
Alexandre Dumas
P2384. Comment parler le belge / Dictionnaire franco-belge
Philippe Genion
P2385. Le Sottisier de l'école, *Philippe Mignaval*
P2386. Lettres à la mère
sous la direction de Patrick et Olivier Poivre d'Arvor